FUSION FANTASTIC STORY

김대산 장편소설

1

도서출판 청어람

완빤치

CONTENTS

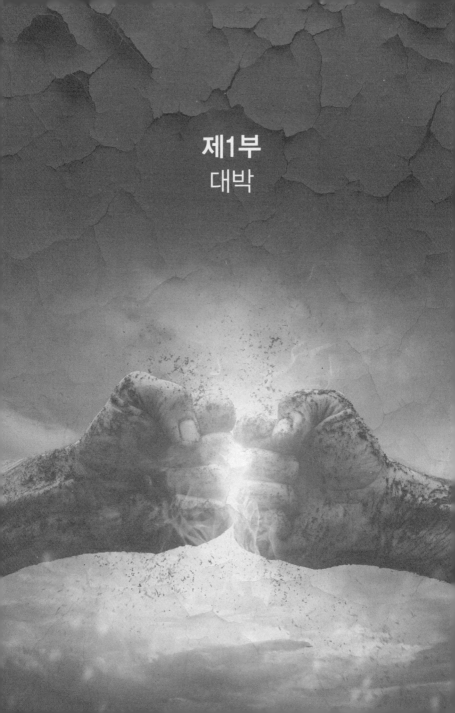

제1부
대박

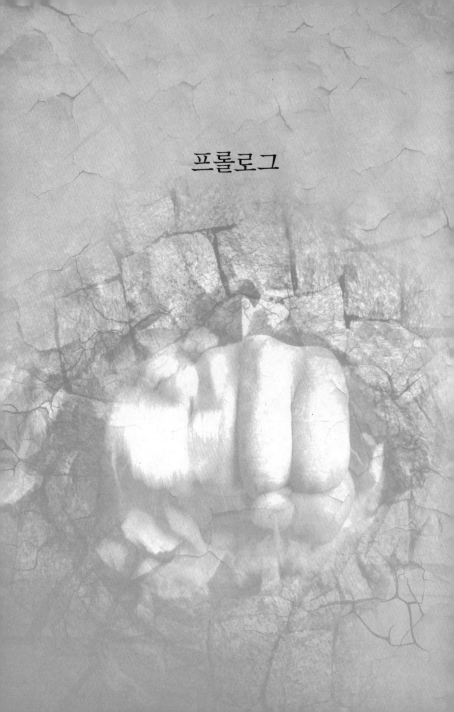

프롤로그

완빤치

"어이, 완빤치!"
녀석이 그렇게 불렀다.
13살의 그때, 그는 외톨이에다 왕따였다.
그때, 녀석은 학교를 주름잡는 짱이었다.

"네가 정말… 그때의 그 완빤치니?"
14년이 흐른 후, 그녀가 그렇게 물었다.

13살 그때, 그녀는 그와 모두의 우상이었다.

*   *   *

완빤치!
그것은 그에게 고유명사다.
그를 특정하는!
그리고 녀석과 그녀와 그!
세상에서 단 세 사람만이 쓸 수 있는!

눈(1)

돌연히 안개에 휘감겨 드는 산자락.
좁은 산길 가운데 단단히 똬리를 틀고 있는 까치독사.
귀를 먹먹하게 만드는 천둥소리.
시커먼 계곡 속을 꿈틀거리며 기어오르는 거대한 뱀.
먹구름 사이로 쉴 새 없이 번쩍거리는 백색의 섬광들.
그리고 그 속에서 어느 순간 생겨나는 거대한 눈 하나.
곧장 눈앞으로 다가온 거대한 눈이 공간을 온통 점하고
서 짓누를 듯이 그를 내려다본다.

　　　　　*　　　　　*　　　　　*

꿈이다.

악몽이다.

꿀 때마다 그를 가위에 눌리게 만드는!

그러나 그는 소망한다.

그 악몽을 또다시 꾸기를!

엄마의 기억을 생생하게 되살릴 수 있도록!

해가 갈수록 엄마에 대한 추억과 기억들은 자꾸만 퇴색되어가고 있다.

가끔씩이라도 엄마를 추억하지 않고는 못 견딜 정도로 그리움이 사무치는데도!

악몽은 주로 엄마의 기일을 즈음해서 꾸게 된다.

그리하여 마치 일 년에 한 번 주는 선물처럼 엄마의 기억을 재생시켜 주고 있다.

그 거대한 눈을 통해 그는 엄마의 표정 하나하나, 그리고 그 익숙한 냄새까지도 고스란히 되살려낼 수 있다.

그런 점에서 그 거대한 눈은 그에게 악몽이자, 고맙고 소중한 존재이다.

제기랄!

성명 김철민.

나이 27세.

현역 만기제대.

작년에 대학 졸업.

현재까지 2년째 취업 준비 중.

신이시여!

이 암담한 시간들이 조금이라도 더 빨리 지나가게 해주

소서!

제기랄……!

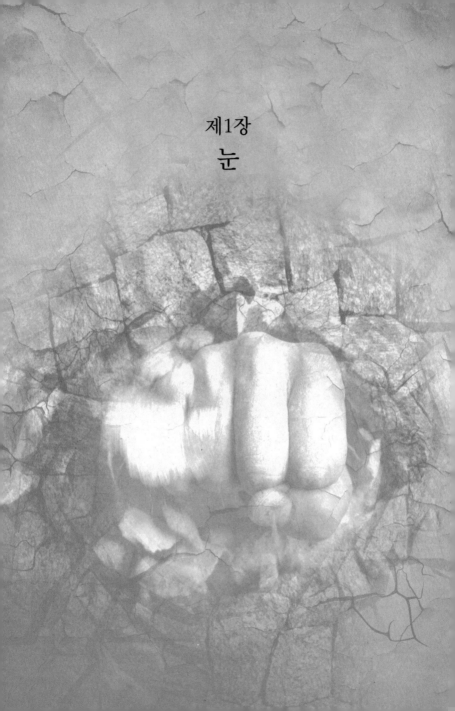

긍정의 힘

한동안 집에만 틀어박혀 있었더니, 조금씩 잡념이 생기기 시작하고 있다. 분명히 공부에 집중하고 있었는데, 어느 순간인지도 모르게 엉뚱한 공상에 빠져들곤 하는 것이었다.

오늘은 아침부터 영 산만하기만 하다. 도통 집중이 되질 않는다. 주말이라서 그런가?

시파! 취업 준비생에게 웬 주말?

조바심이 성큼 달려든다. 이러다 하루를 통으로 날려버릴 것 같다. 불안이란 놈이 슬그머니 일어나서는, 이내 심장을 갉아먹기 시작한다.

10시 가까이 되도록 억지로 책상 앞에 앉아 버티던 철민은 이윽고 도저히 견딜 수가 없게 되었다.

'도서관으로 가자!'

'버스를 탈까, 지하철을 탈까?'

집을 나서자마자 별것도 아닌 문제가 걸음을 붙잡는다.

사실 매번 은근히 고민되는 문제다.

대개의 경우 그는 원룸에서 5분 거리의 후면 도로로 가서 버스를 탄다. 지하철역까지는 동네를 관통하다시피 해야 하고, 그러고도 다시 두 개의 대로를 건너가야 하니, 대략 15분쯤을 걸어가야 하는 만만치 않은 수고가 필요하기 때문이다.

그러나 도서관을 갈 때는 또 얘기가 다르다. 이리저리 돌고 돌아서 가는 버스 노선 때문이다.

역까지 걷는 시간을 포함해서도 지하철을 타는 쪽이 오히려 10여 분이나 빠르다.

그러니 '역까지 15분이나 걸어야 하는 수고를 감수하고서라도, 10분의 시간 절약을 위해 지하철을 탈 것인가? 아니면… 그깟 10분쯤 더 걸리더라도 그냥 편하게 버스를 타고 갈 것인가?' 하는 갈등이 생기지 않을 수없는 것이다.

'시파! 산다는 건 왜 이렇게 늘 피곤한지……!'

결국 그는… 지하철을 타기로 했다. 일분일초가 아쉬운 판에 자그마치 10분씩이나 낭비할 수는 없다는 괜한 조바심에다, 또 간사하지만 이럴 때마다 써먹게 되는 긍정의 힘!

'오랜만에 운동도 하고 좋잖아?'

별남

첫 번째 골목을 지나서, 막 두 번째 골목의 모퉁이로 접어들다가 철민은 멈칫 서고 말았다.

'이런… 시파! 버스 탈걸!'

번뜩하고 스쳐 가는 후회!

그러나 이미 늦은 후회였다.

앞쪽에서 남자 하나가 마주 걸어오고 있다. 30대 중반쯤의 그 남자는 주머니에 양손을 쑤셔 넣은 채 팔자걸음으로 건들거리며 걸었다.

'쿵! 쿵! 쿵! 쿵!'

철민의 심장박동이 사정없이 빨라지고 있다. 그러나 몸은 딱딱하게 굳는다.

남자가 흘깃 눈길을 주고 있다.

철민은 얼른 고개를 숙인다. 그리고 반사적으로 주춤 골목길의 가장자리로 붙어 선다. 아아! 자신의 다리이건만 왜 이렇게 뻣뻣한지!

남자는 건들거리는 걸음 그대로 철민의 옆을 지나간다.

철민은 재빨리 걸음을 놀린다.

남자가 두세 걸음쯤 지나쳐 갔다는 게 느껴진다.

그러나 철민은 감히 고개를 돌려 확인하지는 못한다. 다만 가늘게 안도의 한숨을 흘려낸다.

"어이!"

그 나직하고 무덤덤한 목소리에,

쿵!

철민의 심장이 덜컥 내려앉는다.

다음 순간 그는 누가 잡아 돌리기라도 한 듯이 황급히 뒤로 돌아선다.

"나 알지?"

남자는 정말로 철민을 안다는 듯이 사뭇 편한 말투다. 평소 동네를 다니면서 먼 눈길로라도 철민을 보았던 것인가? 혹은 한눈에 간파한 것일 수도 있다. 철민이 별 볼 일 없는 상대라는 것을!

"예? 아, 예……!"

철민은 하릴없이 수긍할 수밖에 없다.

"담배 있으면 한 대만 줘 봐!"

"예? 저… 담배 안 피우는데요?"

목소리가 떨려 나온다는 것을 철민은 생생하게 실감한다. 그리고 자신이 담배를 피우지 않는 것에 대해, 마치 큰 죄라도 지은 듯한 심정이 되고 만다.

남자가 피시시! 웃더니 건들건들 다가온다.

"이봐!"

"예?"

"담배 안 피워?"

"예……!"

"나 안다며?"

"예……!"

남자가 갑자기 확 인상을 그린다.

"지금 장난쳐?"

"예? 제가… 뭘……?

"이런, 씨바! 애가 왜 이리 답답하냐? 야! 내가 담배 한 대만 달라는데, 네가 담배를 안 피운다고 하면? 그럼 날더러 어떻게 하라는 거야, 도대체?"

그제야 철민이 재빨리 바지 뒷주머니에 꽂아 둔 지갑으로 손을 가져간다. 그러나 그 순간 그는 잡았던 지갑을 슬그머니 놓고는 다시 바지 앞주머니로 손을 집어넣는다. 손에 잡히는 대로 지폐 몇 장을 꺼낸 그는, 얼마인지 세어볼 것도 없이 그대로 내민다.

"저… 이거라도……!"

남자가 언뜻 기대를 하며 지폐를 받는다.

그러나 그는 이내 잔뜩 인상을 쓴다. 지폐는 세 장이다. 천 원짜리로!

철민은 미리 알고 있었다. 어제저녁에 편의점에서 뭘 좀 사고 남은 잔돈이었으므로.

"이게 다야?"

남자가 눈에 힘을 주며 묻는다.

"동전 몇 개가 더 있는데……."

철민이 다시 주머니로 손을 집어넣는다.

"됐어!"

남자가 짜증스럽게 말을 뱉는다. 이어 그는 영 개운치 않다는 빛으로,

"쩝!"

하고 소리 내어 입맛을 다시고는 건성으로 덧붙인다.

"고마워!"

남자가 휙 몸을 돌린다. 그러나 그는 곧바로 무슨 볼일이 남았다는 듯이, 몸은 그대로 둔 채 고개를 뒤로 돌린다.

"이건 내가 네 담배를 대신 사주는 거야? 나는 딱 한대만 피울 거고, 남은 건 가지고 있을 테니까, 시간 날 때 찾으러 와! 알았어?"

"예… 예!"

철민이 얼른 대답하며 고개까지 숙여 보인다.

남자는 다시 고개를 돌리고 건들거리는 팔자걸음으로 멀어져간다.

철민은 얼어붙은 듯이 그 자리에 서 있다.

남자가 다시 불쑥 뒤돌아보며 무슨 말인가 던질 것만 같다. 이윽고 남자의 모습이 앞쪽 골목의 모퉁이를 돌아서 완전히 사라지고 난 다음에야 철민은 저도 모르게 긴 한숨을 내쉰다.

"휴우~!"

그리고 그제야 긴장이 풀리며 온몸의 힘이 쭉 빠진다.

철민이 그 남자와 마주친 건 이번이 처음이었지만, 그렇더라도 남자에 대해서는 잘 알고 있다.

"우짜튼 간에 그런 놈하고는 아예 상종을 안 하는 기 최고인기라! 그라이까네 만약에 마주치게 되모 무조건 피하고 보소!"

2년 전 철민이 이 동네로 이사를 왔을 때, 선불인 첫 달

월세를 챙기고 나서야 주인아주머니가 해준 말이다. 이 동네에서 살자면 특별히 알아두어야 할 사항이라며!

그때 그가 젊은 놈 체면에 그냥 "예! 잘 알겠습니다!" 하고 말기는 또 좀 그래서,

"제가 좀 약하게 보여도, 현역으로 만기제대한 대한민국의 건장한 청년입니다!"

하고 어쭙잖은 허세를 부렸더니, 아주머니는 지레 손사래를 쳤다.

"오메야! 이 총각이 클 날 소리를 다 하네? 그놈은 인간이 아닌 기라! 보소, 총각! 똥이 더러버서 피하지, 무서버서 피하는 건 아이라 안 카던교? 싸우더라도 사람하고 싸워야지, 그런 사람 같지 않은 놈하고 싸워서 뭐할라꼬?"

이후로 철민은 동네에 도는 남자에 관한 소문을 몇 차례나 더 들을 수 있었다.

언젠가 한 번은, 멀찍이 떨어져서 구경을 한 것이지만 그 남자를 직접 본 적도 있었다. 그리고 그것으로 충분했다. 과연 그 남자가 상종하지 못할 인간이라는 데 대해 확실하게 공감을 하는 데는!

동네 사람들 모두가 남자를 아주 사갈(蛇蝎) 보듯이 했다. 이른바, 동네 양아치! 혹은 주폭! 더러운 성질머리에다, 막무가내 막가파였다.

특히 술이라도 한잔 걸친 날에는 사람을 가리지 않고 눈 길만 마주쳐도 시비를 걸었다. 이유도 없이 욕질을 하거나 위협을 하는 것쯤은 예사였다. 조금이라도 거슬린다 싶으면 거침없이 주먹을 휘둘렀다.

소문에 의하면 남자는 서른다섯인가 여섯쯤인데, '별'을 수두룩하게 달고 있다고 했다.

그래서 동네 사람들끼리는 '별남'이라는 별명으로 남자를 칭했다. 소문 값을 하는지 남자, 별남은 '그쪽' 계통의 일에 대해서는 아주 '빠삭'했고, 용의주도한 일면까지 있었다.

즉, 아무리 취중이라도 법에 제대로 걸릴 만한 일은 용하게도 슬쩍슬쩍 피해나가곤 하는 것이었다.

그러니 피해를 당하고 경찰에 신고를 해도, 경찰은 기껏 주의만 주든가, 혹은 파출소로 끌고 가더라도 고작 훈방 정도로 끝나기 일쑤였다.

법적으로 그 이상 처벌할 방법이 마땅치 않다는 것이었다.

게다가 진짜 문제는 그다음이었다.

별남의 집요한 보복이 기다리고 있었다. 신고한 사람의 집 앞을 며칠이고 끈질기게 지키고 서 있다가 신고자나 그 가족이 나오면 아주 졸졸 따라다니면서 입에 담지 못할 지독한 욕을 퍼붓고, 또 흉기 같은 걸 슬쩍슬쩍 보여주는 식으로 살벌한 위협을 가하는 것이었다.

　당하는 사람의 입장에서는 그야말로 치가 떨리는 악몽이
아닐 수 없었다.

　언젠가 한 번은 별남이 제대로 임자를 만난 적도 있었다
고 한다. 완력깨나 쓰는 깡패를 잘못 건드렸다가 아주 호되
게 얻어터진 적이 있다고! 그러나 결과적으로 그 일은, 별남
의 악명만 드높인 꼴이 되고 말았다. 놈이 폭행을 당했다고
경찰에 고소를 하고, 그길로 아예 병원에 드러누워 몇 달을
끄는 통에, 그 깡패는 결국 별남에게 통사정을 하고 합의금
조로 목돈까지 쥐어줘야 했다는 것이었다.

　그러고 보면 법이란 것은 참 멍청한 일면이 있는 것 같다.
도대체 누구를 보호하고 누구를 벌주어야 하는지, 굳이 법
전의 '몇 항 몇 조'를 들추어 보지 않아도, 어린아이들이 봐
도 뻔히 답이 나오는 걸 겨우 그딴 식으로밖에 처분하지 못
하니 말이다.

　어쨌거나 그런 형편이었으니 별남이 행패를 부려도, 또 직
접 행패를 당했다고 해도 신고를 하거나, 더욱이 맞서 볼 엄
두는 감히 누구도 내지 못했다.

　"똥이 어데 무서버서 피하나, 더러버서 피하지!"

　원룸 주인아주머니의 말처럼, 그것이 동네 사람들이 별

남의 행패와 위협에 대비하는 유일한 대책이었다. 아니, 유일한 자위(自慰)였다. 당연히 철민도 동네 사람들 중 하나에 포함되는 것이지만!

"개새끼!"

철민은 나직이 뱉어본다.

기분이 정말로 더럽다.

흔적도 찾지 못할 만큼 어딘가에 처박혀 있던 자존심이란 녀석이 그제야 겨우 모습을 드러내고 있다.

'못난 놈!'

그러나 이미 초라해질 대로 초라해진 스스로를 다시 자학할 필요는 없다.

이럴 때 필요한 것은, 역시 긍정의 힘! 혹은… 자기 합리화!

'괜찮아! 비겁했더라도, 비굴했더라도 어쨌든 모면했다는 것! 결과적으로 잘해 낸 것이다. 아주 적절히! 훌륭히! 잘!'

"개새끼……! 확 폐암이나 걸려버려라!"

철민이 소리를 좀 더 크게 다시 뱉는다.

그러니 기분이 한결 나아진다.

나름대로 통쾌한 구석이 없지도 않다. 그 와중에 만 원짜리가 아닌 천 원짜리 지폐 세 장으로 때웠다는 것! 그런 깨

알 같은 용기라도 낼 수 있었다는 것에 대해!

철민은 다시 지하철역을 향해 걷는다. 어쨌든 할 일은 해야만 하는 것이다. 세상을 살아가기 위해! 그 혼자뿐인 이 냉엄한 세상에서 어떻게든 살아남기 위해!

빼앗긴 돈보다도, 짓밟힌 자존심보다도 별남으로 인해 아무런 소득도 없이 소비된 5분여가 더 아깝다. 철민의 걸음이 빨라진다.

눈(2)

지하철역으로 들어서서 얼마 걷지 않아 철민은, 벽면 아래로 종이박스며 더러운 이불 같은 것을 깔고 뒤집어쓴 채로 옹기종기 붙어 앉은 일단의 사람들을 볼 수 있었다.

노숙자들이다. 노숙자들이 자리 잡은 왼쪽 벽면에서 2미터쯤의 공간은 그들의 영역으로 공인받기라도 한 듯하다.

그들은 아주 당연한 듯이 그들 나름의 시간을 보내고 있는 중이다.

대신 통로를 지나다니는 사람들은 그들의 영역을 침범하지 않으려고 사뭇 주의를 해야만 한다.

철민은 노숙자들 쪽으로는 가능하면 시선을 주지 않았다. 괜히 시선이라도 마주쳤다가는 자칫 사나운 눈빛이든지, 간

절한 눈빛이든지, 하여간 유쾌하지는 못한 기분을 맛보게
되기 십상이다.

대낮부터 술에 취한 노숙자에게 시비라도 걸리는 날에는
진탕 '쌍욕'을 덮어쓰는 경우도 있다.

그런 경우에라도 그들과 싸울 수는 없는 노릇이다. 같이
쌍욕을 할 건가? 마주 멱살이라도 잡을 건가? 잃을 게 없는
사람들이 아닌가? 그런 사람들과 싸움을 해서는 결코 이길
수가 없다.

어떻게 해도 손해를 보게 되어 있는 것이다. 안 건드리는
게, 그 전에 안 건드려지는 게 상책이다.

철민이 의식적으로 시선을 약간 오른쪽에다 두며 걷자 이
윽고 노숙자의 영역이 끝나고 있다. 그는 치우쳐 놓았던 시
선을 바로 하며 확인이라도 하듯 괜스레 왼쪽을 살핀다. 노
숙자의 영역은 끝나 있었고, 통로는 원래의 폭을 회복해 있
다.

그러나 다음 순간 그는 고개를 갸웃한다. 비어 있던 벽면
에 다시 누군가가 기대어 서 있었기 때문이다.

그 노인은 허름하지만 비교적 단정한 옷차림새다. 가지런
하게 빗어 넘겨 뒤쪽에서 질끈 묶어 놓은 긴 백발도 나름대
로는 깔끔해 보인다. 그러나 어쨌든 전체적으로는 남루한

느낌이라는 데서 노인은, 만약 노숙자들의 틈에 끼어 있었다면 별 무리 없이 노숙자로 취급받을 수도 있었으리라. 어쩌면 노인 스스로도 그런 것을 경계하고 있는지도 모른다. 노숙자들의 영역에서 10여 미터쯤이나 떨어져서 스스로를 구분 짓고 있는 것을 보면 말이다.

그런데 철민은 문득 묘한 상황에 처하고 있었다. 노인을 지나치고 있음에도 노인에게서 눈을 떼지 못하고 있는 것이다.

문제는 백발을 올백으로 넘겨 넓게 드러난 노인의 이마다. 아니, 그 이마 한가운데 희미하게 드러나 있는 하나의 형체 때문이다.

그 형체는 마치 눈 같았다. 아니, 보면 볼수록 영락없는 눈이다. 살포시 감고 있는 눈!

물론 솜씨 좋게 그려 넣은 것일 수도 있다.

그러나 남루해 보인다는 것 말고는, 지극히 멀쩡해 보이는 노인네가 체통 없이 이마 한가운데다 떡하니 그런 걸 그리고 다닐 이유는 없을 것이다. 철민의 느낌으로도 그려 넣은 것은 아니다.

그 눈은 금방이라도 번쩍 떠져서 그를 노려볼 듯했다.

'미치겠네!'

철민은 이윽고 와락 인상을 쓰고 만다. 도무지 말도 안 되는 상상이 아닌가? 눈이 3개라니? 제3의 눈? 만화나 영화에서나 있을 법한 소재다.

결국 그는 지금 헛것을 보고 있는 셈이다. 어젯밤 잠을 설쳤기 때문일 것이다.

그의 정신세계 깊숙한 곳에 처박혀 있던 공상이, 한때는 스스로도 병적이라고 평가할 수밖에 없었던 그 몹쓸 상상놀이가, 이 순간 느닷없이 작동하고 있는 것이리라. 그런 것은 지금 그 이외의 주변 누구도, 노인의 이마에 그려진 그 세 번째의 눈에 대해 이상한 시선을 주는 사람이 없다는 것에서도 명백해지지 않는가?

철민은 흠칫 놀라고 만다.

노인이 그를 보고 있다. 이마 아래의 두 개의 '진짜 눈'으로!

얼른 시선을 피해야지 했는데, 철민은 막상 그러지를 못한다. 노인의 이마에 있는 그 제3의 눈이 떠져 있다. 실눈처럼 가늘게!

'아아!'

그 제3의 눈이 철민을 응시하고 있다. 그 눈에 의해 철민은 시선을 붙잡힌 느낌이다. 마치 거미줄에 걸린 한 마리의 나방처럼!

그리고 다시 한순간, 철민은 갑자기 눈앞이 캄캄해진다.
마치 어둠 속에서 갑자기 밝은 빛을 보았을 때처럼!

철민은 발작적으로 고개를 흔든다. 그제야 다시 눈앞이
밝아진다. 옆을 지나던 사람 하나가 설핏 경계하는 빛으로
그를 비켜 지나가고 있다. 아마도 어지러움 때문에 그가 조
금 휘청거렸던 모양이다.

'제기랄! 삼겹살이라도 한번 먹어줘야겠군!'

철민은 자신에게 일어난 잠깐의 비정상적인 현상을, 라면
이며 빵 따위로 대충 때웠던 최근의 게으르고 영양이 없는
식단 때문으로 간단히 전가했다.

그는 황급히 걸음을 재촉했다. 도망치듯이!

*   *   *

현금 지급기가 있는 곳까지는 근 30여 미터나 걸어야 한
다.

그동안 철민은 한 번도 뒤를 돌아보지 않았다.

카드로 현금 10만 원을 찾는다.

10만 원은 그가 앞으로 열흘을 살아가야 할 생활비다.

하루에 만 원!

스물일곱 백수가 감당해 내야 하는 팍팍한 현실의 값이다.

누가 쫓아오기라도 하는 것처럼 서둘러 역을 빠져나가면서, 그는 다시금 세차게 머리를 흔든다.

'정신 차려라! 김철민!'

제2장
로또

로또

    도서관은 빈자리가 거의 없이 사람들로 빽빽하다. 중고생들에서부터 처녀, 총각, 아저씨, 아주머니, 할머니, 할아버지들까지!
    수능 모의고사 책도 보이고! 토익 책도 보이고! 공무원 시험 책도 보이고! 공인중개사 시험 책도 보이고! SSAT 책도 보이고!
    ……

열람실 가득히 공부! 공부! 열공의 분위기가 후끈하다. 그래서인가? 에어콘이 힘에 부쳐 하며 '열나게' 돌아가고 있었지만, 실내의 공기는 영 미적지근하기만 하다.

어쨌든 오랜만에 온 도서관의 분위기는 제법 진지했고, 덕분에 자리를 잡자마자 철민은 곧바로 공부에 집중할 수 있었다.

모처럼의 집중을 깨기가 아쉽다. 또 배도 별로 고프지 않아서 철민은 점심을 그냥 거른다.

다시 시간이 좀 지난 것 같아서 시계를 보니 어느덧 4시가 다 되었다. 간만에 열공을 한 것 같아 마음이 뿌듯해진다.

그런데 조금만 더 하자, 하고 다시 문제집에 집중하려 했지만, 슬슬 다른 것들이 눈과 귀에 들어오기 시작한다.

지금까지는 들리지 않던 것들! 보이지 않던 것들! 몇 칸 건너서 소곤소곤 속삭이는 소리! 청춘의 특권인가? 그렇더라도 연애질은 딴 데 가서 하지, 굳이 도서관까지 와서 저렇게 머리를 딱 붙이고서 소곤댈 것까지야!

'시파! 시방 여자 손목 한번 못 잡아본 놈 염장 지르는 겨?'

그리고 보니 사방에 헐벗은 인민들은 왜 또 저리도 많은

지? 속옷인지, 반바지인지! 핫팬츠라고 하는가? 허여멀겋거
나 투실투실하거나 미끈하거나 탄탄한 허벅지들! 늘씬한 종
아리들! 쭉쭉 뻗은 다리, 또 다리들! 여기에 불쑥, 저기에 불
쑥, 괜히 심란하여 눈을 피하면 또 저기에 불쑥! 온통 헐벗
었다.

'시파! 돌아간다! 돌아간다! 내 눈이 막 돌아간다!'

아무래도 그의 집중력의 한계는 여기까지인가 보다. 아니
면 도서관의 약발이 여기까지든지!

그래도 못내 아쉽다. 별남까지 감수해 가면서 힘들게 온
도서관인데……!

두어 시간만 더 버티다 가기로 한다.

'일단 커피나 한잔하면서 분위기를 좀 반전시켜 볼까?'

그런데 자리에서 일어서는데 문득 머리가 핑 돈다. 그리
고 눈앞에서 별 몇 개가 왔다 갔다 한다. 현기증이다!

갑작스레 허기까지 느껴진다.

'보약까지는 못 지어 먹더라도, 밥은 제때 좀 챙겨 먹자!'

그런 생각이 문득 절실하다. 괜히!

철민은 주섬주섬 책을 챙겨 도서관을 나선다. 그는 도서
관 뒷길 쪽으로 방향을 잡는다. 참치김밥에 라면이라도 사
먹을 생각이었다.

골목길로 접어들자, 모퉁이에 있는 작은 편의점 하나가 눈에 들어온다.

사실은 그 편의점 앞에 세워진 풍선 기둥에 걸린 깃발의 '로또 복권 2등 당첨자 7회 배출!'이라는 글귀가 먼저 눈에 확 들어온 것이지만!

지난 몇 년간 뻔질나게 다녔던 도서관이었고, 뒷길이다. 그런데도 그 작은 편의점은 왠지 낯설다. 간판의 허름함이나, 특히 때가 타서 꼬질꼬질하게 변한 그 로또 어쩌고 하는 깃발만 보더라도 최근 새로 생긴 점포는 아닌 것이 분명한데도 말이다.

온 나라가 로또 때문에 아주 떠들썩한 와중이다. 로또 복권의 1등 당첨자가 안 나오고 있기 때문이다. 벌써 두 번째인가 당첨금이 이월되어 누적되고 있는 중이다.

로또가 처음 나왔을 때는 그야말로 광풍(狂風)이라 할 만큼 온 나라를 휩쓸었다. 한 게임에 2천 원 하던 그 시절, 지금보다는 상대적으로 판이 크기도 했지만, 당첨자의 수도 적았고, 드물게는 1등 당첨자가 나오지 않아 다음 회 차로 이월되는 경우도 아주 드물지는 않았다.

그리하여 언젠가는 세 번인가 연달아 이월이 되어서, 당시 1등 당첨금이 400억이 넘었던 경우도 있었다. 하여튼 간에 그 시절 로또는 그야말로 인생 역전이었다. 1등에 당첨

된 사람들 중에는 타워 팰리스 같은 강남의 고급 아파트를 사거나, 다니던 직장을 때려치우고 아예 해외로 이민을 가는 이들도 있었다.

그러나 이후 로또 한 게임의 가격이 천 원으로 낮춰졌다. 그리고 1등 당첨자 수도 갑자기 많아지면서, 많게는 한 회차에 서른 명까지도 나오니, 1등에 당첨이 되더라도 세금 떼고 나면 기껏(?) 십몇억밖에 못 챙기는 상황이 되었다. 로또가 더 이상은 로또가 아니게 되어버렸다. 로또에 당첨된다고 해도, 인생 역전이라고 하지 못하게 된 것이다.

그런 판에 지금의 이런 예외적인 상황을 맞았으니, 로또가 처음 생겼던 예전 그때의 광풍이 다시금 재연될 법도 했다.

다시는 볼 수 없을 줄로만 알았던 인생 역전의 신화가 다시금 꿈틀거리며 살아날 만도 했다.

'독식하면 몇백억도 먹을 수 있다!'

로또의 판매 금액은 연일 가파른 상승세를 타고 있는 중이라고 했다.

1등 당첨금이 이미 이월 누적된 데다, 점점 더 폭발적으로 거세지는 판매 열풍 덕에 예상 당첨 금액은 역대 최고를 너끈히 돌파할 거라는 얘기가 벌써부터 나돌고 있었다.

이 예외적인 상황에 대해 신문과 방송 등 각종 매체에서

는 연일 요란을 떨고 있었다. 더하여 일부 매체들에서는 요
란을 떨다 못해 온갖 '썰'들을 끌어다 붙이기까지 했다. 조
작설이니, 정치 자금설이니, 전직 대통령 비자금 세탁설이니,
말이 되고 안 되고 하는 것과는 별개로 사람들의 흥미와 관
심을 끌 수 있겠다 싶은, '썰'이란 '썰'은 죄다 풀려나오고 있
는 중이었다.

그러고 보니 바로 오늘이다. 토요일! 바로 로또를 추첨하
는 날이다.

철민은 복권을 사본 적이 없다. 지금껏 단 한 번도! 정말
로!

그 이전에 그는 믿지 않는다. 기적에 대해서!

혹은 기적이 존재한다고 해도, 말 그대로 기적인데, 그에
게까지 돌아올 기적이 있겠는가? 그러므로 로또를 사는 일
은 '헛짓!'에 불과하다. '생돈'을 그냥 내다 버리는! 다른 사람
들은 모르겠고, 적어도 그에게는 그랬다.

그런데… 사람 마음이란 게 참 이상한 것인가 보다. 갑자
기 묘한 기분이 드는 것이다.

몇 년간 뻔질나게 다녔던 길인데도 그동안 있는지도 몰랐
던 편의점이, 로또 판매점이 갑자기 눈에 들어온 것을 어떻
게 우연이라고만 하겠는가? 어떤 묘한 인연이 얽힌 것만 같
은, 혹은 무엇이 예감되는 듯한 그런 기분이다. 상상? 기대?

이윽고는 흥분의 씨앗들이 돌연히 싹을 틔워내고 있다.

그러더니 그것들은 곧장 무성하게 촉수를 뻗어냈고, 이내 거미줄처럼 촘촘하게 그를 옭아맸다.

그의 이성은 순식간에 무장해제되고 만다. 그리하여 더는 '결코!'를 외치지 못하게 되었고, 더는 '절대로!'를 외치지 못하게 되고 만다.

'방귀가 잦으면 이윽고는 똥을 싼다!'

지금 이 순간에 얼마나 절묘하게 들어맞는 말인가? 2등만 일곱 번이 나왔다지 않는가? 이제 곧 1등이 나올 때가 되었다는 소리가 아닌가?

아아! 하필 오늘 이 순간 이 로또 판매점이 그의 눈에 들어왔으니, 그 '때'란 바로 그를 위한 때가 아닐까? 이 모든 우연들이 절묘하게 겹쳐, 그야말로 필연이 되고 운명이 되어 그에게 다가온 것은 아닐까?

"시꺄!"

그는 자신도 모르게 뱉고 만다. 이 일련의 갑작스럽고도 황당하기 짝이 없는 욕구에 대한 마지막 저항이리라!

그러나 이미 늦었다. 그 황당한 욕구는 한달음에 내달려 벌써 그의 대뇌 중추를 타고 오르는 중이다.

'한번 해보고 싶다! '헛짓'이 분명하지만! 기적 따위는 절대로 없는 것이지만! 그렇다고 해도 한 번 정도는……! 딱

이번 한 번만!'

당위성은 저절로 강화되고 있다.

'이까짓 허황된 충동 따위, 참고자 한다면 못 참겠는가? 그러나 굳이 참아야 할 건 또 뭔가? 기껏 단돈 천 원이면 깨끗하고 시원하게 해갈될, 그야말로 새털같이 가벼운 욕구에 불과한 것을! 오히려 별것도 아닌 걸 가지고 굳이 참는 것이 더 억지스러울 수도 있지 않겠는가? 그리고 일말일지라도 나중에 미련이 남을 것인데, 그것이야말로 정말로 어리석은 짓이 아닐까?'

철민은 성큼 편의점으로 들어섰다. 바깥에서는 보이지 않더니, 안으로 들어서자 긴 줄 하나가 있다. 열서넛이나 되는 사람들, 로또를 사려는 사람들이 만들고 있는 줄이다.

영 어색하다. 뭔가 이상한 사람들의 대열에 동참하는 기분이다. 그러나 그는 결국 슬그머니 줄 끝에 합류한다.

열풍은 열풍인가 보다. 잠깐 지켜보고 있자니, 보통이 이삼만 원어치를 주문했고, 개중에는 "10만 원어치 자동!"이라고 외치는 이도 있다.

스스~ 슷!

사사~ 샷!

발권기가 잠시도 쉬지 못하고 정신없이 돌아가고 있다.

그도 처음에는 자동으로 주문하려고 했다.

특별히 생각해 둔 번호가 없기도 했거니와, 이게 정말로 무슨 운명적인 순간이라면, 역시 자동이 좀 더 어울릴 것 같기도 했다.

그러나 그는 이내 생각을 바꾼다. 지루함과 어색함 때문이다.

어느새 그의 뒤로도 제법 길게 줄이 생겼다. 그새 다섯 사람이나 불어났다. 줄의 일부가 되어 줄이 줄어들기만 멍하니 기다리고 있자니, 마치 줄에 꿰인 것 같다는 느낌이 든다. 그는 결국 한옆의 탁자에 비치되어 있는 번호 식별지를 집어 든다.

여섯 줄로 나열된 번호 배열표! 그는 되는대로 한번 표시해 보기로 한다. 그냥 끌리는 대로!

올해 취업 공모에서 벌써 다섯 번이나 낙방했으니까… 5!

지금 현재 입사 지원서를 준비하고 있는 곳이 두 군데니까… 2!

벼락 맞을 확률보다 더 낮다는 가능성에 돈을 쓰다니, 천 원이면 라면이 몇 갠데? 진짜 이번 한 번만이다! 처음이자 마지막으로! 그래서… 1!

올해 스물일곱 살이니까… 27!

엄마! 오늘이 엄마의 10주기니까… 10.

그리고 하나 남은 번호로 뭘 하지? 하다가 언뜻 떠오른 숫자! 오늘 낮에 메시지로 온 것. 조만간 초등학교 동창회 한번 하자고! 별… 동창회는 무슨……. 내 휴대폰 번호는 또 어떻게 안 거야? 어쨌든 간단히 따져보니 올해로 초등학교 를 졸업한 지 14년이니까… 14!

[5, 2, 1, 27, 10, 14]

그새 앞에 선 사람들이 다 빠져나가고 이윽고 철민의 차 례가 되었다.

"한 게임만 주세요!"

"예?"

편의점 주인이 의아한 듯 반문한다.

"한 게임이요!"

그가 다시 주문 사항을 말하고, 더불어 천 원짜리 한 장 을 내밀자 50대의 대머리 편의점 주인은 잠시 침묵한다. 마 치 당황스러운 것처럼!

그러나 편의점 주인은 이내 발권기를 돌렸고, 곧바로 토 해진 결과물을 그에게 건넨다.

작은 종이쪽지다. 6개의 숫자가 한 줄로 인쇄된!

"생략한다! 참치김밥과 라면은!"

편의점을 나서며 철민은 일부러 소리 내어 중얼거린다.

조금은 마음이 편해지는 것 같다.

'생돈' 천 원을 그냥 내버린 '헛짓!'에 대한 대가를 나름대로 치른 것 같아서!

정식으로 사게!

철민은 지하철에서 내려 지하 통로를 걷는다. 오전에 노숙자들로 붐비던 지역은 이제 듬성듬성 자리가 비어 있다.

노숙자들의 영역이 끝났다.

철민은 저도 모르게 주변을 두리번거린다. 노인, 이마에 또 하나의 눈이 달린 노인은 보이지 않는다.

사실 지금까지 있을 리가 없다. 그 노인이 노숙자도 아닌 이상에는 말이다.

철민은 가볍게 실소하며 다시 걸음을 재촉한다. 그런데 그때, 마침 앞쪽에서 마주 걸어오는 한 사람을 보고 그는 흠칫 놀라고 만다. 바로 그 노인이다. 이마에 또 하나의 눈이 달린!

철민은 얼른 고개를 숙인다. 그리고 슬쩍 방향을 틀어 노인을 피해 가고자 한다. 그런데 때마침 노인도 다른 데로 한눈을 팔고 있었던지, 비스듬하게 철민을 향해 걸어오는 것이었다.

결국 두 사람은 어깨를 스치듯이 지나치게 되었고, 철민은 더욱 재게 걸음을 놀린다.

그때였다.

"이보게, 젊은이!"

뒤에서 부르는 소리가 들린다. '젊은이'라는 호칭이 아니더라도 노인의 목소리다.

철민은 무시하고 그냥 가버릴까, 설핏 생각했지만 차마 그럴 수는 없었다.

"저 말씀입니까?"

철민이 돌아서며 짐짓 무심한 투로 확인한다.

노인은 일단 성큼성큼 다가와서는 응시하듯이 철민의 두 눈에 시선을 고정시킨다. 그러고는 느릿한 투로 말한다.

"내가 말일세… 방금 무엇을 잃어버렸는데, 자네 혹시……."

노인 특유의 친근한 투다.

잠시 의아해하던 철민은 이내 맹렬히 염두가 돈다.

그러니까 노인의 말인즉슨, 자기가 방금 무슨 물건을 잃어버렸는데, 혹시 철민의 짓이 아니냐? 그런 정도의 뜻으로 해석되는 것이었다.

'이런, 씨……!'

노인에게 차마 욕을 해서는 안 되겠지만, 어쨌든 지금 누구를 소매치기쯤으로 몰겠다는 수작이 아닌가? 그러나 어쨌든, 턱없는 수작이라고 하더라도 노인이 지금 사뭇 노골적으로 의심을 표시하고 있는 바에는, 철민으로서도 무시하고 그냥 가버리기도 애매한 입장이 되지 않았는가? 자칫 당장 "소매치기다! 저놈 잡아라!" 하고 난리를 치기라도 한다면, 얼마나 황당한 노릇이겠는가.

"저기, 어르신……! 무슨 물건을 잃어버리셨는데요?"

철민이 애써 차분한 투로 묻는다. 그런데 돌아오는 대답이 또 애매하다.

"응? 글쎄… 그것이… 나도 잘 모르겠어!"

'이 노인네… 혹시 치매인가?'

철민은 쓴웃음을 짓고 만다. 하긴, 치매라면 차라리 다행이라고 해야 할 일이다. 악의적으로 수작을 부리려 덤벼드는 것보다는 나은 상황이니 말이다. 그때 노인이 슬쩍 덧붙였다.

"그렇지만… 무언가 잃어버린 건 분명해!"

일단 철민으로서도 분명히 해두어야 할 필요가 있다.

"무슨 물건인지도 모르는 걸, 어떻게 잃어버렸다고 그러십니까?"

노인의 눈에 설핏 힘이 들어간다.

"예끼, 이 사람아! 그게 뭔지는 잘 모르지만, 어쨌든 몇십 년이나 되는 오랜 세월 동안 내게 있던 것인데, 자네와 만나는 순간 내게서 사라져 버렸으니… 그것이 자네에게 갔을 공산을 생각해 보는 것은 당연한 노릇이 아닌가?"

다짜고짜 몰아세우는 노인으로 인해 철민은 울컥하며 목소리가 높아진다.

"아니, 어르신! 그러니까 지금 저를……?"

그러나 철민은 곧바로 말문이 턱 막혀 버린다. 기가 찰 노릇이다. 가만 보니 치매가 아니지 않은가? 그럼 결국 수작이다. 아주 악질적인!

철민은 다시금 화를 추스른다. 화를 내고 목소리를 높일 일이 아니다.

그럴수록 노인이 작정하고 부리는 수작에 더욱 휘말려 들기 십상일 것이다.

"어르신! 저한테 원하시는 게 뭡니까?"

철민이 오히려 목소리를 낮추어 차분히 말하자, 노인은 잠시 묘한 빛을 띤다. 그리고 빤히 철민의 눈을 응시하더니, 문득 툭 뱉는다.

"정식으로 사게!"

"사라고요? 뭘 말씀입니까?"

"내가 잃어버린 것 말일세!"

철민은 기가 막혔지만, 여전히 차분한 투로 묻는다.

"그게 뭔지도 모르신다면서요?"

"아니, 모르는 게 아니라… 잘 알지는 못한다는 얘기지!"

"나 참! 그러니까… 그게 지금 도대체 어디에 있단 말씀입니까? 일단 물건부터 봐야 사든가 말든가 할 것 아닙니까?"

"그게 그러니까… 내 생각엔 꼭 자네가 가져간 것만 같다니까?"

"아, 진짜로 미치겠네!"

이윽고 철민은 이마를 짚고 만다.

"어르신! 도대체 왜 이러십니까? 솔직히 말씀해 보십시오! 저한테 진짜로 바라시는 게 뭡니까?"

노인이 문득 싱긋한 웃음기를 떠올리고는 넌지시 말한다.

"그럼 이렇게 하세!"

"……?"

"우선 저것 좀 사주면 안 되겠나? 아침부터 아무것도 먹지를 못해서 말일세!"

노인이 가리키는 것은 앞쪽의 출구 가까이에 자리 잡은 꼬치집이었다.

좀 더 구체적으로는 모락모락 김을 피워내고 있는 어묵이다.

철민은 이제 인정할 수밖에 없다. 노인의 수작에 거의 걸려들고 만 것이라고! 그러나 한편으로는 문득 이제까지와는 조금 다른 느낌을 받는다. '삥'이나 뜯으려는 사기꾼의 느낌에 더하여, 추위와 허기에 지친 오갈 데 없는 불쌍한 노인의 느낌이 살짝 겹친다고 할까? 어쨌든 차라리 처음부터 무시하고 그냥 가버렸다면 좋았을 일이지만, 일단 이렇게 되어버린 이상 이제 와서 그냥 뿌리치고 간다면 영 마음에 걸릴 것 같다.

어묵까지만! 거기까지만 베풀기로 했다. 얼마 들지도 않을 것이므로!

어묵은 생각보다 비싸다. 5천 원어치를 주문했더니 겨우 둥근 어묵 5개가 나온다. 그러나 어쩌랴?

노인은 천천히 어묵 하나를 집어 든다. 진작부터 시선과 오감을 온통 어묵에만 집중하고 있던 것에 비해서는 느긋한 모습이다. 애써 다급한 티를 내지 않으려는 노력일까?

어묵 하나를 천천히 들어 올린 노인은 '후후!' 불어 입에 넣고 한입 베어 물고는 잠시 음미하고 나서야 천천히 씹는다. 그리고 한참을 씹고 나서야 비로소 꿀꺽 삼킨다.

그 모습은 마치 하나의 경건한 의식을 치르는 듯해서, 철민은 감히 노인의 식사에 개입할 엄두를 내지 못하고, 그저 지켜보고만 있다.

노인이 천천히, 최고조로 집중하여 어묵 5개를 다 먹는
데는 한참의 시간이 걸렸다.

그동안 철민에게는 하나 먹어보라는 말은커녕 눈길조차
주지 않았다.

"더 시켜 드릴까요?"

국물까지도 깨끗이 비어버린 그릇을 보며 철민이 저도 모
르게 꺼낸 말이다. 곧바로 후회했지만!

"허기는 면했으니, 이제 됐네!"

담담히 웃음 짓는 노인을 보며 철민은 잠깐의 고민을 해
야 했다.

'만 원? 2만 원?'

철민은 결국 2만 원을 탁자 위에 올려놓는다. 노인이 어
묵에 이은 다음의 조건을 제시하기도 전에, 그리고 다시 있
을 법한 약간의 흥정도 생략한 채 그가 먼저 2만 원이나 내
민 것은, 그가 보일 수 있는 최대한의 성의였다. 2만 원이면
그에게는 큰돈이다. 자그마치 이틀 치 생활비에 해당하는!

"이건… 제 성의입니다! 물론 여기 계산도 제가 하겠습니
다!"

그리고 철민은 자리에서 일어선다. 서로 어색할 것 없이
먼저 가게를 나가려는 것이다.

"잠깐만 앉게!"

노인이 담담히 부른다.

철민은 앉지 않고 선 채로 노인을 바라본다.

노인이 빙그레 웃으며 다시 말한다.

"자네가 이렇게 그냥 가버리면, 이 늙은이의 모양새가 좀 우습게 되지 않겠나?"

"제가 해드릴 수 있는 건 정말로 이게 다입니다. 그냥 제가 대접해 드린 걸로 치십시오. 그리고 제가 중요한 약속이 있어서, 지금 서둘러 가지 않으면 늦습니다."

철민이 정색하며 짐짓 서두르는 체를 한다.

"잠깐이면 되네!"

노인이 또한 정색을 하였는데, 제법 단호하기까지 한 느낌이다.

'본격적으로 '곤조'를 부리겠다는 건가? 젠장! 결국 아주 제대로 쓸데없는 짓을 한 셈이군!'

철민은 쓸쓸한 자책을 떠올린다. 그리고 망신살이 뻗칠망정 더 이상은 뜯기지 않으리라는 각오를 하며, 천천히 자리에 앉는다.

노인은 탁자 위에 놓인 2만 원으로 시선을 옮긴다. 그리고 슬며시 돈을 챙기고는 담담한 미소로 말한다.

"고맙네! 그리고 너무 고깝게는 생각하지 말게! 그냥 재수에 옴이 붙어서 노망든 늙은이를 만났다고 생각하게! 조금

더 바란다면, 갑자기 무언가 소중한 것을 잃어버린 것같이
공허한 마음이 되어버린 늙은이에게 약간의 위안을 베풀었
다고 여겨주면 더 좋겠고. 아무튼⋯ 자네는 오늘 선업(善業)
하나를 쌓은 것이니, 두고두고 복 받길 기원하겠네!"

철민은 피식 실소하고 말았다. 이게 노인이 가진 레퍼토리
의 마지막 수순쯤 되는 모양이구나 싶었다.

노인이 선뜻 자리에서 일어선다.

철민이 엉거주춤 따라 일어서는데, 내쳐 가게를 나갈 듯
하더니 노인이 문득 뒤돌아 철민을 보며 묻는다.

"젊은이! 이렇게 만난 것도 작은 인연은 아닐 것인데, 이
름이나 좀 아세!"

철민은 당연히 찜찜하다.

그렇다고 굳이 이름을 알려주지 못하겠다거나, 거짓말로
알려줄 이유는 없다. 그런 대응 역시 그 스스로에게 찜찜함
을 남기기는 마찬가지일 테니까!

"철민입니다."

성은 뺐다. 그것으로 철민은 거짓말을 하지 않았다는 위안
과 한편으로 그 두 글자만 가지고는 노인과 다시 엮일 일은
절대로 없을 것이라는 안도를 적당히 함께 취할 수 있었다.

노인은 가볍게 고개를 끄덕여 보인다. 그러고는 성큼성큼
걸어서 먼저 가게를 나선다.

철민도 하릴없이 그 뒤를 따랐는데, 가게 밖에서 다시 돌아선 노인이 간단히 작별을 고한다.

"자! 난 이만 가겠네! 자네도 잘 가게!"

철민은 가볍게 고개를 숙여 보이는 것으로 작별을 고한다.

그리고 노인이 저만치 갈 때까지 잠시 지켜보았다. 멀어지는 뒷모습, 노인은 왠지 처음 보았을 때보다 한층 더 늙어 보인다. 허리는 꾸부정했고, 걸음걸이는 영 힘겨워 보인다. 잠깐 사이에 한 10년은 더 늙어 보이는 느낌이다. 약간의 연민을 가지게 되어서일까?

그러고 보니 한 가지가 더 있다. 철민이 한동안 노인과 실랑이를 벌이면서도 문제의 발단이 된 '제3의 눈'은 고사하고 그 비슷한 흔적조차 보지 못한 것이다.

물론 지극히 당연한 일일 것이다. 그런 엉뚱한 상상이 또다시 발동되었다면, 그것이야말로 정말 심각하다고 해야 할 것이고, 정신과 상담을 받아야 할지를 진지하게 고민해 봐야 하는 일일 테니까!

철민은 문득 쓴웃음을 짓고 만다. 꼼짝없이 2만 5천 원을 날렸다는 사실에 새삼 어이없었다.

그러나 그렇게 억울하거나 기분이 나쁘지는 않다.

당했을지라도 2만 5천 원이 그가 감당하지 못할 액수는 아닌 것이다.

좋게 생각하자면 그 돈으로 불쌍한 노인의 허기와 추위를 잠시나마 달래준 것이고, 또 앞으로의 몇 끼 정도를 제공해 준 셈이 아닌가? 그만하면 괜찮지 않은가? 2만 5천 원의 값어치로는 말이다. 속절없이 날아가 버린 이틀하고도 반일 치의 생활비야, 또 어떻게 메워질 것이고 말이다.

씨이∼ 파!

철민은 인터넷에서 로또 추첨 방송 시간을 찾아본다. 밤 8시 반쯤이다.

구차하게 방송까지 챙겨 볼 것까지야 있나?

그러나… 솔직히 보고 싶다. 빨리 결과를 확인하고 싶다. 시간이 갈수록 슬슬 커지는 묘한 흥분이라니……! 슬그머니 우습기도 하다. 어쨌든 이 허황된 기대를 깨기 위해서라도 빨리 결과를 보고 싶다.

그러나 일단은 생각에서 밀어내기로 한다. 오늘은 엄마의 기일이다.

7시경부터 슬슬 준비를 하기 시작한다. 제수 준비는 며칠 전부터 어제까지 다 해놓았기에 간단히 조리만 하면 된다. 밥을 하고, 탕국을 끓이고! 커다란 조기 한 마리를 굽고! 밤

껍질을 까고! 사과와 배, 감과 대추 등의 열매를 꺼내어 닦고! 계란을 삶고!

많이 준비하지는 못했지만, 대신 한 가지 한 가지를 다룰 때마다 마음을 담는다.

이윽고 자정이 되었다.

철민은 경건하게 향을 피운다.

'엄마! 오늘도 이 정도밖에 못 해드려! 그렇지만 다음에는… 더 잘해 드릴게!'

마지막 절을 하며 이번에도 그렇게 약속한다.

매번 그렇듯이 다음번에도 지켜지기 어려운 약속이다. 그러나 괜찮다. 엄마니까! 그런 걸 가지고 탓하지는 않을 테니까! 다만 아쉽다. 명절 두 번과 기제사 한 번! 엄마를 만나는 단 세 번의 시간이 매번 이처럼 간단하다는 게. 기껏 술 몇 잔에 절 몇 번이면 끝나 버린다는 게!

음복을 하고, 간단히 요기를 하고, 대충 제사상을 치우고 음식들을 정리하고 하다 보니 어느덧 시간은 새벽 1시가 넘었다.

일단 자자! 내일을 위해!

자리를 펴고 누웠다. 그러나 잠이 올 리가 없다. 오히려 생각은 또렷해진다. 로또! 그 결과에 대한 궁금함에!

사실 절을 하는 와중에도 몇 번씩이나 로또 생각을 했다.

심지어는 한 번만 당첨되게 해달라고 빌기까지 했다.

그런 허황한 마음을 먹은 데다 엄마를 판 것 같아서 영 마음이 좋지 않다.

'엄마, 미안해! 그게 저절로 그렇게 되더라고! 그렇지만 엄마를 그리워하는 마음만은 조금도 변함이 없다는 걸 믿어 줘!'

로또 결과를 알아보는 것은 아침까지 미루어두기로 한다. 벌칙이다. 스스로를 궁금함에 시달리도록 만드는!

그런데 잠은 안 오고, 점점 더 궁금해진다. 그리고 이윽고는 도저히 참을 수가 없어졌다.

'괜찮아! 엄마니까! 이런 걸 가지고 탓하지는 않을 거야!'

노트북을 밑으로 내려서 전원을 켠다.

[Lotto 당첨 결과]

사이트가 로딩되는 동안 긴장감이 확 몰려온다.

이윽고 화면이 열린다.

[1, 2, 5, 10, 27, 44 + 38]

'가만… 이게 지금……?'

1, 2, 4, 10, 27, 5개의 숫자가 맞다! 그런데 마지막 번호 하나가? 그의 것은 14인데, 당첨 번호는 44? 14와 44! 1과 4! 숫자 하나가 다르다.

눈을 비비고 다시 봐도, 확실히 그 하나가 다르다.

철민은 손가락을 확 분질러 버리고 싶은 심정이다. 왜 하필 14였다는 말인가? 동창회? 그게 그에게 무슨 의미가 있다고? 14년 전? 행복하거나 재미있거나 즐거웠던 기억이라곤 없는, 특별히 기억도 나지 않는 시절이었을 뿐인데, 왜 하필 그때 동창회 어쩌고 하는 메시지가 왔단 말인가?

"씨이~ 파!"

절로 욕이 터져 나온다. 아니, 비명이 찢어져 나온다.

당장 미쳐 버릴 것 같다.

악~! 으아악! 악! 악! 악!

철민은 겨우 진정했다.

인정할 건 빨리 인정해야만 한다. 그래도 3등이 아닌가? 3등이라도 당첨금이 몇백만 원은 될 거라는 예측을 어디선가 본 것 같다. 그게 어딘가? 쥐뿔도 없는 처지에 복에 겨워도 유분수지!

'당첨금이 얼마나 되는지부터 확인하자!'

스크롤을 아래로 내리니 먼저 1등 당첨금부터 나온다.

재빨리 패스! 아예 보기도 싫다.

그리고 3등 당첨금! 총 당첨 금액 같은 건 볼 필요 없고.

[당첨자 수 1,621명]

'뭐, 1,621명? 이런……!'

[1인당 당첨 금액 160…….]

'일, 십, 백, 천, 만, 십만, 백만! 뭐야, 이게? 160만 원? 꼴랑 160만 원? 그래도 3등인데? 6개 중에서 자그마치 5개나 맞혔는데? 이런 씨이~ 발……!'

욕이 절로 튀어나온다. 다시 억울함이 확 치민다. 눈물이 다 나려고 한다.

저절로 1등 당첨금 쪽으로 눈이 간다. 그리고 눈이 확 떠진다.

[당첨자 수 1명]

'1명이라고? 그러면… 이게 어떻게 되는 거지? 전 회와 전전 회에서 이월 누적된 당첨금까지 혼자서 다 먹는 건가?'

[1인당 당첨 금액. 380…….]

'일, 십, 백, 천, 만, 십만, 백만, 천만, 억, 십억, 백억! 백억? 어… 헉!'

순간 눈이 확 뒤집어진다. 억! 억! 억! 숨이 콱콱 막혔다. 380억……! 380억!

그는 이불을 뒤집어쓴다. 이불 속에서 머리를 쥐어뜯으며 몸부림친다.

"이게 뭐냐고……?"

통곡이라도 하고 싶다. 이불을 입에 문다.

"악~! 으아악! 악! 악! 악!"

악다구니를 쓴다.

이러다 죽을 것만 같다. 억울해서! 억울해서!

철민은 이불 속에서 몸을 새우처럼 웅크린다. 그리고 두 무릎 사이에 머리를 끼워 넣는다.

그러고 나서야 조금 편해진다.

이건 그가 취할 수 있는 최후의 방법이다.

이 자세로 있는 동안에는 아무리 힘들고 괴로운 현실이라도 벗어날 수가 있다.

비록 잠깐의 공상이나마, 못 견딜 그 순간 이전의 시간으로 되돌아감으로써 그 상황으로부터 아예 도망치거나 회피할 수 있다.

그런 채로 그는 깊이 침잠해 든다.

정말 오랜만이다. 이렇게 해보는 건! 그때 이후로!

제3장

시거

시거

엄마! 세상에서 그를 가장 사랑해 주었던 사람! 그리고 그가 세상에서 가장 사랑했던 사람!

철민이 아주 어렸을 때, 그와 엄마는 오지라 불려도 좋을 만큼 아주 깊고 궁벽한 산골 마을에서 단둘이 살았다.

그의 기억에 아버지라는 존재는 없었다. 아주 어렸을 때는 아버지가 없어도, 엄마만으로도 생명의 탄생이 가능한 것으로 알았다. 조금 더 커서야 알았다. 그런 게 가능한 건

마리아와 예수밖에 없다는 것을.

언젠가 엄마에게 아버지에 관해 물은 적이 있었다. 엄마는 한참 슬픈 얼굴로 그를 바라보고만 있다가 말해주었다. 엄마와 아버지가 모두 고아로 자랐다는 것과 두 분이 가정을 이룬 지 얼마 되지 않아서 아버지가 불치의 병을 얻어 돌아가셨다는 것, 깊은 슬픔에 빠진 엄마가 평소 아버지와 함께 꿈꾸었던 시골로 무작정 오게 되었다는 것, 그리고 유복자인 철민을 낳았다는 것에 대해.

그게 전부였다. 이후 그는 아버지에 대해 다시는 묻지 않았다. 그때 어린 마음에도 엄마가 다시는 그런 슬픈 얼굴이 되지 말았으면 하는 간절한 바람 같은 것이 있었다. 그런데 약간의 아쉬움이 있긴 하다. 그때 좀 더 자세히 물었더라면, 엄마가 죽고 난 뒤 그가 완벽하게 혼자가 되지는, 이 넓은 세상에 친척 하나 없는 그야말로 완벽한 천애고아의 처지가 되지는 않았을지도 모르겠다는 생각이 드는 것이다.

그때, 엄마가 일을 나가고 나면 집에는 아무도 없었다. 그는 늘 혼자 지내야만 했다. 동네의 또래들은 그와 잘 놀아주지 않았다. 아버지 없는 자식이라고 놀리기 일쑤였다. 그때 동네 아이들은 그게 무슨 의미인지 알기나 했을까? 아버지가 없다는 게 왜 놀림의 대상이 되어야 하는지, 그게 결코 엄마나 그의 잘못은 아니란 데 대해 조금이라도 생각을 해보았을까?

어린 그는 몹시도 외로웠다. 해거름 무렵까지 엄마가 돌아오지 않으면 무서웠다. 그럴 때면 그는 억지로라도 상상을 하곤 했다. 처음에는 막연한 상상이었다. 왕자가 되어 공주도 구해주고, 힘센 장군이 되어 착한 사람들을 도와주기도 하고.

그러다 그는 동네에서 5리쯤 떨어진 이웃 동네의 초등학교, 정확하게는 좀 더 큰 마을에 있는 초등학교의 분교에 입학하게 되었다. 왕복 10리나 되는 길을 혼자 통학하면서, 그는 더 이상 막연한 상상만으로는 위안을 받기가 어려워졌다. 좀 더 실감 나는 상상이 필요했다. 조금 덜 유치한!

그가 새롭게 시작한 상상 놀이는 과거로 되돌아가는 것이었다. 즉, 과거의 어떤 상황으로 되돌아가서, 그때 그가 실수했던 것들을 만회하고, 잘못했던 행동들을 수정하고, 부끄러웠던 행동들을 자랑스러울 법한 것으로 바꾸는 그런 상상! 상상 속에서나마 지나간 상황들을 고치고 수정함으로써 위안을 받고자 한 것이었다.

그런 상상 놀이는 학년이 올라갈수록 조금씩 더 구체화되어서, 이윽고는 '시거'라는 제법 그럴듯한 놀이로 발전되었다.

시거!

처음에는 '시간 거스르기'라고 이름을 붙였던 것인데, 나중에 줄여 부르다 보니 그렇게 되어버렸다.

사실 그것은 그 혼자만이 하는 공상 게임의 '스킬' 같은 것이었고, 누구에게도 말할 수 없는 비밀이었다. 솔직히는 누가 알기라도 할까 봐 부끄러웠다. 특히나 초등학교 6학년 때 서울로 전학을 오고 나서는, 다 큰 애가 유치하게 유치원생이나 할 법한 그런 공상 놀이나 한다는 걸 누구에게도 들키고 싶지 않았다. 시골과는 달리 서울 애들은 얼마나 눈치가 빠르고 영악스럽던지! 철민은 그것들을 봉인하듯이 꽁꽁 숨겨 두었다.

철민이 고등학교 1학년 때, 엄마가 많이 아팠다.

나중에 철이 들고 생각해 보니 엄마의 병은 진작부터였다. 어린 그에게 내색하지 않았을 뿐.

또한 나중에야 짐작하게 된 것이지만, 여러 사람의 도움과 배려가 있었던 것 같다. 그랬기에 몹시 가난한 데다 일가친척 하나 없던 처지에도 엄마가 시립 병원에 입원할 수 있었고, 하늘나라로 갈 때까지 짧은 시간을 그곳에서 머무를 수 있었던 것이리라!

엄마가 1인실로 옮겼을 때는 솔직히 좋았다. 환자 보호자를 위한 안락한 소파가 있었고, 작고 아담한 탁자도 있었고, 벽에는 그럴듯한 그림도 걸려 있었고, 하여간 그때까지 있던 다인실에 비하면 넓고 깨끗하고 안락했다. 한참 나중에야 알게 되었지만, 그곳은 임종실이었다.

의사가 설명을 해주었다. 엄마가 이제 곧 돌아가시게 될 거라고. 그러니 마음을 편안하게 해드리라고. 차분히 정리할 수 있도록 해드리라고. 처음에 그는 그게 도대체 무슨 얘기인지 조금도 알 수 없었다.

엄마는, 양쪽 광대뼈가 몹시도 도드라진 깡마른 얼굴로 힘없이 눈을 깜빡였다. 그는 엄마의 그런 모습이 보기 싫었다. 또한 나중에야 알게 되었지만, 아니 이해하게 되었지만, 그때 엄마는 수긍하고 있었던 것이리라. 수긍할 수밖에 없었던 것이리라. 자신의 마지막을, 그리고 하나뿐인 혈육과의 영원한 이별을.

담도암이라고 했다. 병원에 왔을 때는 이미 전신으로 전이가 된 다음인 데다 너무 쇠약해서 수술은 아예 권하지 못했고, 항암 치료조차 제대로 처방하지 못했다고.

임종실이 갑자기 너무 넓어 보였다. 그 혼자 엄마를 지키고 있기에는 너무도 막막할 정도였다.

엄마는 고통에 힘들어 했다. 진통제도 소용이 없었다. 나중에 알았지만, 가장 강력한 마약 성분도 엄마의 고통을 멎게 하지는 못했다. 누구도 대신해 줄 수 없는 고통이었다.

그러다 어느 순간 엄마는 거짓말처럼 차분해졌다. 마치

고통마저 초월해 버린 것처럼. 그는 알 수 있었다. 직감처럼 그냥 알 수 있었다. 엄마가 마침내 생의 마지막 끈을 놓으려 하고 있음을.

그러나 그 순간 그는 아무것도 할 수 없었다. 무서웠다. 도망가고 싶었다. 엄마의 마지막 순간으로부터!

그는 엄마의 손을 잡은 채 엄마의 무릎에 머리를 파묻었다. 그리고 거슬러 올라갔다. 아니, 거슬러 가기를 간절히 염원했다. 이 순간 이전으로! 엄마의 고통이 시작되기 이전으로! 예전의 행복했던 순간으로! 자꾸만! 자꾸만!

조금씩 호흡이 가빠졌다. 그렇게 거슬러 가기를 할 때면 언제나 그랬듯이!

이윽고 현기증마저 날 때였다. 문득 그의 손에 감싸여 있던 엄마의 손에서 약간의 힘이 느껴졌다. 그는 퍼뜩 고개를 들었다. 순간 눈앞이 핑 돌았다. 사방의 형체들이 흐릿하게 보였다. 그런 와중에 따뜻한 눈빛 하나가 그에게 눈을 맞추어 왔다. 엄마였다. 가만히 눈을 맞춘 엄마는 그 광대뼈 도드라진 얼굴에 잔잔히 미소를 떠올렸다. 힘겹게, 그러나 따뜻하게.

'약속해! 다시는 현실로부터 도망치지 않겠다고! 엄마가 없더라도 당당히 현실과 맞서겠다고!'

엄마의 눈은 그렇게 말하고 있었다.

그는 얼른 고개를 끄덕였다.

'예! 엄마!'

엄마의 미소가 희미해졌다.

'얘야! 이제 그만 엄마를 놓아주렴!'

그는 고개를 가로저을 수가 없었다. 눈에 가득 맺힌 눈물이 위태롭게 매달려 있었다.

엄마는 그렇게 갔다. 엷은 미소를 간직한 채로!

그때의 철민은 장례를 어떻게 치러야 하는지도 몰랐다. 장례식장의 관리인 아저씨가 이렇게 저렇게 하라고 말을 해 주는 대로 무작정 따를 뿐이었다.

그나마 다행으로 장례 비용은 어디에선가, 혹은 누군가로부터 지원이 된다고 했다. 물론 그때는 알지 못했다. 그것이 얼마나 고마운 일인지를. 그때의 그에게는 다만 거쳐야 하는 힘겨운 과정 중 하나라고 여겨졌을 뿐이다.

아무도 찾아 주지 않는 장례식장! 조문을 와 줄 이는 아무도 없었다. 텅 빈 빈소를 우두커니 지키면서, 철민은 조금씩 더 확연해지는 현실과 직면해야 했다. 엄마가 죽었다! 그러나 그것이 분명해질수록, 인정하고 싶지 않다는 충동 또한 더욱 강해져만 갔다.

결국 그가 택한 것은 시거였다. 현실로부터 도망치기를

택한 것이다.

시거! 그리고 또 시거!

철민은 시간의 흐름조차 잊었다. 스스로가 빠르게 피폐해
져 가고 있다는 걸 느끼면서도, 그는 차라리 더욱더 파국을
향해 치달리기를 택했다.

죽고 싶다! 죽어서 엄마의 곁으로 가고 싶다!

얼마나 시간이 흘렀을까? 그는 손가락 하나 까딱할 기력
도 없는 채로 벽에 기대앉아 있었다. 의식은 공허하게 허공
을 맴돌았다. 사방을, 때로는 엄마의 영정 사진 주위를. 그
러다 그는 이윽고 하얗게 의식을 놓고 말았다.

만약 관리인 아저씨가 아니었더라면, 그는 정말로 엄마의
곁으로 갔을지도 모른다. 혼절해 있는 그를 발견하고 흔들
어 깨운 관리인 아저씨는 멍하니 있는 그를 다짜고짜 빈소
밖으로 끌어내서는 접객실의 상 앞에다 앉혔다. 그러곤 주
방으로 가서 미지근하게 식은 국밥 한 그릇을 말아 왔다.

"먹어! 죽은 사람은 죽은 사람이고, 산 사람은 또 살아야
하는 법이야!"

무뚝뚝한 말이었다. 그리고 관리인 아저씨는 곧장 국밥
한 숟갈을 가득 떠서 그의 입에다 가져다 대었다.

그는 완강하게 고개를 저었다.

"먹기 싫어? 살고 싶지 않다고? 할 수 없지! 그럼 네 마음

대로 해!"

화난 것처럼 말한 관리인 아저씨는 숟가락을 국밥 그릇에다 도로 던져 놓고는 벌떡 일어섰다. 그리고 그대로 홱 하니 가버리는 듯싶더니, 문득 돌아서며 탄식하듯이 말했다.

"그래도 어머니는 먼저 보내드리고 나서 죽든가 말든가 해야 할 것 아니냐? 네가 이대로 죽어버리면… 네 어머니 혼은 어떻게 하냐? 네 어머니의 영혼이 저승에도 들지 못하고 영원히 구천을 헤매게 되기를 바라냐? 그리고 네 어머니가 너의 이런 모습을 보고 뭐라고 하실지 한번 생각해 봤냐?"

관리인 아저씨가 성큼성큼 가버리자 그의 눈에서는 주르륵 눈물이 흘러내렸다. 이윽고는 펑펑 쏟아져 나왔다.

꺼이! 꺼이!

꾸역꾸역 미어져 나오는 통곡을 억지로 되삼키며 그는 숟가락을 들었다. 그리고 국밥을 퍼서 입에 욱여넣었다. 국밥 맛인지, 눈물 맛인지 모를 짭짜름함이 목구멍을 타고 빈 위장으로 넘어갔다. 삼키면서, 울면서 그는 맹세했다. 엄마를 실망시키지 않도록 열심히 살겠다고! 엄마의 유언대로 다시는 현실로부터 도망치지 않겠다고! 당당히 현실과 맞서겠다고!

그 뒤로부터 그는 시거를 하지 않았다.

아무리 힘겨운 순간과 맞닥뜨리더라도 공상으로 도망쳐 시간 속을 거슬러 올라가는 짓만은 결코 하지 않았다.

어제 오후 4시경으로!

그는 거슬러 올라가고 있다. 어제 오후 4시경으로! 철저히 폐쇄된 그만의 공상 속에서!

이렇게 구체적인 목표를 두고 시간을 거슬러 올라가 보긴 처음이다. 예전에는 주마간산이란 말처럼 대강을 스쳐 지나듯이 거슬러 가 보았을 뿐이다.

처음부터 힘에 벅차다. 마치 뻑뻑한 반죽 속을 헤엄쳐 나아가는 느낌이다.

이내 호흡이 가빠지고 현기증이 나기 시작한다. 영상이 빠르게 지나가고 있다. 마치 고속으로 돌리는 비디오 화면처럼.

오후 4시를 가운데 두고 시계추처럼 그 전후를 힘겹게 왔다 갔다 하다가, 겨우겨우 오차를 좁혀서 부근 시점에 도달한다. 영상 속에서 그는 도서관을 나와 뒷길로 접어들고 있다.

길모퉁이에 있는 작은 편의점!

편의점 앞에 세워진 풍선 기둥에 걸린 깃발!

'로또 복권 2등 당첨자 7회 배출!'이라는 글귀!

편의점 안, 로또를 사려는 사람들의 줄!

줄 맨 뒤에 선 그가 번호 식별지 한 장을 집어 든다!

'잠깐! 여기서부터는 세밀해야만 한다.'

그는 영상을 천천히 돌아가게 한다.

당장 몇 배로 힘이 든다.

갑자기 속이 메슥거린다. 토가 나올 것만 같다. 멈추고 싶다.

그러나 그만두기에는 억울함이 너무 크다. 여전히 미칠 것만 같다.

'Go다! 비록 이대로 끝까지 가 본들 아무 일도 일어나지 않을 걸 알지만, 결국은 유치한 공상에다 웃기는 짓거리에 불과할 뿐이라 걸 알지만 그래도 GO다! 무조건 Go다!'

영상 속의'그가 느릿하게 번호 식별지에다 표기를 해나가고 있다.

5.

2.

1.

27.

10.

'여기서 STOP!'

그는 영상을 멈춘다. 바로 여기다!

그는 다시 영상을 돌린다. 천천히!

'욱……!'

한 모금의 토가 목구멍으로 치솟는 것을 억지로 되삼킨다.

순간, '지지~ 직!' 하고 마치 노이즈를 타는 것처럼 영상이 언뜻 희미해지려고 한다.

'이~ 익!'

그는 온 힘을 다해 영상을 되살린다.

영상 속의 그가 이윽고 표기를 한다.

44! 14가 아닌 44다! 분명히!

"한 게임만 주세요!"

그가 번호 식별지를 내밀며 주문한다.

"예?"

50대 대머리의 편의점 주인이 의아한 듯 반문한다.

"한 게임이요!"

그가 천 원짜리 한 장을 내민다.

잠시 당황스러운 기색을 보이던 편의점 주인이 발권기를 돌린다.

이내 한 장의 종이를 받아 든다.

6개의 숫자가 한 줄로 인쇄되어 있다.

그런데 그 숫자들을 확인하려고 하는 순간, 갑자기 눈앞이 빙빙 돌기 시작한다. 온몸이, 정신이 그대로 허물어지는 것만 같다.

아아! 더 이상은 정말 무리다. 거기까지가 한계다. 의식이 급격히 희미해지고 있다.

'안 돼~!'

그는 절규한다. 그대로 의식을 잃어서는 안 될 것 같다. 왜인지는 모르겠지만, 그랬다간 큰일이 날 것 같다.

그때다.

북편 하늘에 거대한 눈 하나가 나타난다. 그 눈이다. 그 눈이 다시 나타난 것이다.

그 거대한 눈은 그를 주시한다. 기이한 열기를 담고서 아주 또렷이! 평소와 달리 눈은 그를 쏘아보고 있다. 무섭도록!

쏘아볼뿐더러 눈 자체도 조금 달라진 것 같다. 눈이 겹쳐 보인다.

'설마… 그 눈?'

겹쳐 보이는 그 눈은 언뜻 지하철역 지하 통로에서 만났던 노인의 눈을 닮았다. 이마의 그 눈 말이다.

'설마… 노인이 잃어버렸다는 게 바로… 저 눈……?'

꿈인 것을 인지하면서도 철민은 문득 엉뚱하기 짝이 없

는 생각을 다 해본다.

갑자기 눈이 두 개에서 네 개로, 다시 여덟 개로… 기하급수적으로 불어난다. 이윽고 거대한 중첩을 이룬 눈들이 무지막지하게 그를 짓누르기 시작한다.

'아아!'

무겁다. 숨이 막힌다. 가슴이 짓눌리다 못해 온몸이 그대로 터져 나가는 것만 같다. 당장 죽을 것만 같은 공포가 밀려든다.

'이건 꿈일 뿐이다! 가위에 눌린 것일 뿐이다!'

그는 스스로 각성하고자 치열하게 되뇐다. 그러나 아무소용이 없다.

그가 절박함의 마지막 정점에서 겨우 찾은 구원은, 결국 엄마다. 마지막 순간에 엄마와 연관 짓고 나서야 겨우 악몽에서 벗어날 수 있었다. 꾸지람이었다. 약속을 어긴 데 대한 엄마의 꾸지람! 그렇게 여기자 죽지는 않겠지, 하는 미약한 안도가 비로소 생겨난 것이었다.

그리고 다시 한순간, 그는 거친 회오리바람에 휩쓸리듯이 빙빙 돌며 그 힘겨운 상상의 세계를 되돌아 나온다.

"우웨에~ 엑!"

목구멍까지 꽉 채우고 있던 토가 뿜어져 나온다.

그리고 그는 의식을 놓치고 만다.

1, 2, 5, 10, 27, 44!

"으으……!"

한동안 용을 쓰고 나서야 철민은 겨우 깨어난다.

머리가 깨질 듯이 아프다. 접착제로 붙여 놓은 듯이 눈이 떠지지를 않는다.

겨우 눈이 떠진다. 우선은 한 무더기의 냄새가 왈칵 콧속으로 달려든다. 구린… 지독히도 구린 냄새! 그리고 눈에 들어오는 광경이라니!

이부자리가 엉망이다. 몇 무더기의 토사물. 그는 정말 토하고 만 모양이다. 그러고 보니 아직도 속이 메슥거리는 것 같다. 예전에도 가끔씩 약간의 부작용 내지는 후유증 같은 걸 경험해 본 적이 있었지만, 이렇게 지독한 적은 처음이다.

휴대폰을 열어 보니 새벽 3시다. 기껏 두어 시간 정도 잠들었던 모양이다.

한쪽 구석에는 미처 벽장 안으로 넣지 못한 제사상이 덩그러니 기대어져 있다. 냉장고가 비좁아 넣지 못하고 대충 바구니에 담아 한쪽으로 치워놓은 과일들이며, 촛대와 향로 등의 제기들! 모든 게 그대로다. 현실이다.

현실은 언제나 냉정하다. 억울해서 미칠 것 같다고 해도,

힘들어서 죽을 것 같다고 해도 현실은 결코 봐주는 법이 없다. 기껏 공상 속으로 도망쳐 시간 속을 거스르는 짓 따위로, 그런 한심하고 유치하고 허무맹랑한 공상 따위로 현실은 바뀌지 않는다. 결코! 절대로!

지금 그에게 엄연한 현실은 160만 원이다. 결코 380억이 아니다.

사실 160만 원만 해도 그에게 얼마나 큰돈인가?

더욱이 그는 그 큰돈을 얻기 위해 단돈 1,000원을 투자했을 뿐이다. 도대체 몇 배나 뻥튀기된 것인가?

대박이다. 감지덕지다. 못난 아들을 위해 엄마가 기일에 음덕을 베푸신 것이다.

그는 한쪽에 벗어 두었던 바지의 주머니에서 복권을 꺼낸다. 혹시 모르니 주소와 이름을 적어둘 참이었다.

그의 눈이 저절로 숫자들의 배열을 훑어간다.

새삼 가슴이 터질 듯이 울화가 치민다. 그는 잠시 심호흡을 하며 마음을 다스린다.

그런데 다음 순간,

"어… 엇……!"

그는 신음과도 같이 억눌린 소리를 뱉고 만다.

'이게 어떻게 된 거지? 이게 왜… 어떻게 바뀐 거지?'

그는 찢어질 듯이 두 눈을 부릅뜬다. 그리고 다시 본다.

[1, 2, 5, 10, 27, 44]

아아! 44다.

44! 그 한 장의 작은 종이쪽지에 배열된 여섯 숫자의 마지막은 분명히 44다.

"이게… 이게……!"

그 소리밖에 나오지 않는다.

그러나 그는 오히려 또렷해진다. 그게 결코 44가 되어서는 안 된다는 사실이!

14여야 하는 것이다! 그가 초등학교를 졸업한 지는 14년이지, 결코 44년이 아닌 것이다!

그럼으로써 또한 확연해진다. 지금이 이 상황이 결코 현실이 아니란 사실이!

꿈이었다. 그는 지금 다시금 한바탕의 황당한 개꿈을 꾸고 있는 중인 것이다.

그는 와락 이불을 끌어당겨 뒤집어쓴다. 그리고 잘게 씹어 뱉는다.

"이… 런… 씨이발!"

*　　　*　　　*

창문의 커튼을 투과해 온 햇빛이 눈부시다.

온몸이 찌뿌드드하다. 그러나 철민은 떨치고 일어나기로 한다. 아침이다, 새로운 아침!

그러나 금방 역하게 콧속을 파고드는 구린 냄새. 그리고 이부자리를 얼룩덜룩하게 적시고 있는 이물질들!

"에이, 씨……!"

그는 얼른 성대를 조인다. 하마터면 상소리로 하루를 시작할 뻔하였다.

어쨌든 개판이다. 방 안 풍경도 개판! 컨디션도 개판! 이게 다 그놈의 개꿈 때문이다.

머리맡의 노트북은 전원이 켜진 채 밤새 저 홀로 버티다 기진맥진했는지 스크린이 까맣게 기절해 있다.

툭!

퉁명스럽게 키보드를 건드렸더니, 스크린이 부스스 깨어난다.

지난밤에 들어갔던 사이트가 그대로 뜬다. 이어 눈 안에 선명히 들어오는 숫자의 나열들!

[1, 2, 5, 10, 27, 44 + 38]

당연하다. 이제는 아주 머릿속에 각인이 된 듯하다.

그리고 노트북 옆에 놓인 작은 종이쪼가리. 그것은 뒤집힌 채다. 어서 주소와 이름을 기입하라는 듯이!

그는 복권을 뒤집는다.

그의 눈이 복권의 숫자들을 한눈에 훑는다.

그리고 그는 정지 화면이라도 된 듯 그대로 멈추고 만다. 동공조차도!

그는 차마 놀람을 표시할 기력조차 낼 수가 없다.

[1, 2, 5, 10, 27, 44]

44다. 14가 아닌 44!

그대로다. 지난밤 꾼 개꿈 그대로!

'아아! 여전히 개꿈을 꾸고 있는 중이란 말인가? 이 눈부시게 비치는 아침 햇살 속에서도?'

그는 화들짝 일어나 냉장고로 뛰어간다. 거칠게 냉장고 문을 열고, 제수로 썼던 막걸리 주전자를 꺼내서는 그대로 주둥이를 입에 틀어박는다.

벌컥벌컥!

막걸리 맛은 느껴지지 않는다. 우선 시린 기운에 입안과 목구멍까지 얼얼해진다.

그러나 그 정도로는 도무지 진정이 되지 않는다. 그는 곧장 화장실로 간다. 그리고 욕조 안으로 들어가 샤워기 아래에 선다. 옷을 입은 채로다.

쏴아아~ 아!

쏟아지는 차가운 물에 정신이 번쩍 든다.

그걸로도 부족하다. 그는 양 손바닥으로 스스로의 뺨을 친다.

철썩! 철~ 썩!

아프다. 도저히 꿈일 수 없을 만큼 생생하게 아프다.

그는 닦지도 않고 젖은 그대로 욕실을 나온다. 물이 줄줄 흘러내려 바닥을 적신다. 그 상태로 그는 노트북이 있는 곳으로 간다. 그리고 스크린의 숫자 배열과 노트북 옆에 놓인 복권의 숫자 배열을 다시금 확인한다.

[5, 2, 1, 27, 10, 44 + 38]

[5, 2, 1, 27, 10, 44]

'이건… 진짜다!'

그렇다. 이건 더 이상 개꿈일 수가 없다. 어쨌든 이건 분명히 현실이다. 꿈도 망상도 아닌, 생생한 현실!

'그러나 도대체 어떻게 이런 일이……?'

그러나… 그러나… 그러나… 따지지 않기로 한다. 왜? 도대체 왜 따져야 한다는 말인가?

아니, 절대로, 절대로 따져서는 안 되는 일이다. 만약 누군가 따지려고 한다면 목숨을 걸고서라도 따지지 못하도록 막아야 할 일이다.

이미 일어난 일인데, 분명한 현실이 되고 말았는데 따지긴 뭘 따진단 말인가?

그렇지 않은가? 일단 한 번 일어난 일은 절대로, 절대로 되돌릴 수 없는 게 세상의 이치요, 절대 불변의 자연의 법칙 아니던가?

설령 그것이 절대로 일어나지 말아야 할 일이었다고 해도 말이다.

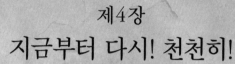

제4장
지금부터 다시! 천천히!

쥐 죽은 듯이

[로또 복권 역대 최대 당첨금 380억, 한 명이 독식!]

인터넷에선 벌써 난리가 났다. 어느 사이트에선 대박 난 복권이 팔린 판매점까지 벌써 추적해 내고 있다.

철민은 더럭 겁이 난다. 불안하고 무섭기까지 하다.

마치 간첩이라도 된 기분이다. 들키면 큰일이 나는!

불안은 그 이상이다. 내가 대박의 주인공이란 사실이 밝혀지면 죽을지도 모른다는 생각까지 든다. 누군지도 모르는 사람들의 손에 말이다.

그런 판에 당첨금을 찾으러 갈 엄두는 더욱이 내지 못한다. 당첨일로부터 일 년 안에만 찾으면 된다고 했으니, 일단 몇 달쯤은 조용히 지내기로 한다. 최소한 사람들의 관심이 어느 정도 꺾일 때까지라도!

그동안에는 아예 쥐 죽은 듯이 지내리라!

철민은 한동안 멍한 기분이었다.

마치 허공에 붕 뜬 것 같은!

공부가 될 리 만무하다.

공부를 왜 해야 하는지, 목적의식조차 사라져 버린 듯하다.

그는 아무것도 하지 않은 채 하루의 대부분을 방 안에만 틀어박혀 지내다시피 하고 있다.

* * *

로또는 여전히 새로운 당첨자를, 아니, 당첨자들을 매주 배출하고 있다. 10명 남짓의 1등 당첨자들이 기껏(?) 십몇억씩을 나누어 가지는, 본래의 형태대로 돌아간 채로!

그럼으로써 각종의 언론 매체에서는 얼마 전 380억을 한 사람이 독식한 사건이, 얼마나 놀랍고 극적인 대박이었는지를 주기적으로 다시 끄집어내곤 했다. 각양의 음모설도 심심치 않게 다시 부각되고 있다.

'뭔가 음모가 있는 게 확실하다! 그렇지 않고는 도저히 그럴 수가 없다!'

하긴 그럴 법도 하다.

대박의 주인공이 나오지 않고 있는 데 대해서도 세상의 이목은 계속 주시를 하고 있는 것 같다. 마치 어떻게 해서든 그 주인공의 정체를 밝히고야 말겠다는 듯이!

'세상에 결국 변하지 않는 것은 없다!'

그 말은 정말 진리인 모양이다.

3주가 지나고 4주가 지나는 동안, 그 '놀랍고 극적인 대박 사건'에 관한 세상의 관심과 열기도 어느새 식어가고 있다.

다행이다.

하긴 세상은 매일이다시피 보다 더 흥미롭고, 훨씬 더 충격적인 일들을 쏟아내고 있는 판이다.

그러니 어쨌든 이미 지나가 버린 과거에 계속 관심을 붙들어 매두기에는 사람들의 뇌 용량이 충분치 않은 것인지도 모른다.

필기시험

공채에 응모했던 두 곳의 서류 심사 결과가 나왔다.

두 곳 모두 통과다.

'웬일?'

기대 이상의 결과다.

필기시험 날짜는 다음 주다.

두 곳이 하루 상간이다.

'시험을 칠 것인가, 말 것인가?'

철민은 당장에 갈등이 생겼다.

사실 말도 안 되는 허세다.

이틀 전까지만 해도 그랬을 것이다.

그러나 철민의 심정은 이미 기울어 있었다.

'굳이 뭐하러……?'

솔직히 당연하지 않은가?

지금 그가 취직 시험을 치러 갈 마음이 들겠는가 말이다.

먼저 다가온 시험은 국내 재계 서열 10위 안에 드는 대기업 H사다.

결국 철민은 가지 않았다.

그렇더라도 별별 생각이 다 들기는 했다.

아깝기도 했다.

'취직을 하든, 안 하든 지난 2년간 죽자 사자 공부해 놓은 것들이 아까워서라도 일단 시험은 쳐봐야 하는 거 아닐까?'

…하는 생각에서부터,

'그래도 사람에게 타이틀이라는 것도 있어야 한다던데, 직장은 일단 들어가고 봐야 하지 않을까?'

…하는 생각까지!

두 번째 필기시험은 공기업인 S공사다.

철민은 이윽고 결심을 했다. 졸지에 부자가 됐다고 해도 딱히 부자답게, 부자처럼 살아갈 생각은 없다. 그럴 자신도 없고! 평범하게, 티 안 나게 사는 게 오히려 마음 편하리라! 다만 조금은 편안하게, 그리고 약간은 럭셔리하게 즐기면서! 그런 차원에서 공기업에 취직하는 게 꽤 괜찮은 선택 같았다.

물론 이제 기껏 서류 심사에 통과한 것에 불과하고, 지금까지의 실패 전력으로 볼 때 필기시험에 합격한다는 것은 결코 쉬운 노릇이 아니다.

또 필기시험까지 합격한다고 쳐도 그 뒤에 있을 역량 평가 면접이며, 다시 그 뒤에 있을 최종 임원 면접까지 합격할 가능성은, 솔직히 말하자면 차라리 소망 사항이라고 해야 할 정도로 희박했다.

그야말로 떡 줄 사람은 생각도 않는데, 김칫국부터 마시고 있는 격이다.

그러나 미리 스트레스를 받을 건 또 아니었다.

'그냥 부담 없이 한번 쳐보는 거지, 뭐!'

걸리거나 말거나. 걸리면 좋고… 떨어진다고 한들 또 무슨 큰일 날 것도 없는 것이다.

                    *   *   *

S공사 필기시험 치러 가는 날!

철민에게는 오랜만의 바깥출입이기도 하다.

S공사 연수원에 필기시험을 치러 모인 수험생들은 백수십여에 달했다.

서류 평가에서 8배수쯤을 뽑은 모양이다.

시험을 치르는 동안 긴장감은 별로 느껴지지 않았다.

오히려 무덤덤한 느낌에 가깝다.

문제의 절반 이상은 공부한 부분에서 나왔다고 할 수 있지만, 그렇다고 시험을 잘 친 것 같지는 않다.

운발이 틔기 시작한 걸까?

며칠 후.

S공사 필기시험 결과가 공지되었다.

그런데 이게 또 웬일?

합격이다.

역량 평가 면접에 응시하라고 개별 통보도 왔다.

아아! 그의 인생에 본격적으로 '운발'이 틔기 시작한 걸까?

철민은 단정하게 이발을 하고, 정장을 챙겨 입었다.

역량 평가 면접에는 60여 명 정도가 집결했다. 4배수!

이번에도 떨리지는 않는다.

다만 한 가지 걱정은 영어 면접이 있을까 하는 것이었다. 채용 공고에는 영어 면접에 대한 언급이 없었지만, 역량 평가 항목 중 하나로 슬쩍 끼워 넣을 수도 있었다.

'영어! 빌어먹을 영어! 갓 뎀 잉글리시!'

그의 취약점이다. 그야말로 쥐약! 그동안 수십 번의 지원에서 서류 심사조차 통과하지 못하고 고배를 마셔야만 했던 게 필시 그놈의 토익 성적 때문일 것이다.

그가 영어에, 아니 토익에 쏟아부은 노력과 시간, 그리고 돈을 생각하면 눈물이 앞을 가릴 정도다. 그러나 아무리 대가리를 싸매고 죽어라고 해봐도 그놈의 토익 점수는 도대체가 오르지를 않았다.

'서류 심사에서 스펙을 안 본다고? 토익 점수는 700점만 넘으면 된다고?'

순 뻥이다. 좀 괜찮다는 공기업이니 대기업에서 실제로 기준으로 잡아 놓은 토익 점수의 하한선이 900점을 가볍게 넘는다는 건 공공연한 비밀이다.

'900점이라고? 에라이! 우리나라 사람들 국어 시험 치면 90점 쉽게 나오나? 그렇듯이 미국 놈이나 영국 놈들 데려다 놓고 토익 시험 치게 해봐라! 도대체 몇 놈이나 900점이 나오는지! 신발… 끈!'

더 웃기는 건, 언제부터인가 토익만 가지곤 안 되겠단다. 무슨 오픽이니 토익 스피킹이니 하는 것들이 슬그머니 추가된다.

'어쩌라고? 대한민국 사람이 한국말 잘 알아듣고, 말만 잘하면 되는 거 아냐? 우리나라 직장인들이 전부 다 해외 영업 일만 하는 것도 아니고, 영어 한마디 못해도 할 수 있는 일이 오히려 더 많을 텐데, 아, 왜 무조건 영어를 잘해야만 하냐고?'

어쨌거나 그는 각고의 노력을 기울인 끝에 얼마 전에야

어떻게 최소한의 턱걸이를 할 정도의 토익 점수를 겨우겨우 따냈다. 그러나 스피킹 쪽으로 가면 여전히 숙맥에 깡통이다. 그래서 채용 공고에 영어 면접이니 영어 토론 같은 문구만 나와도 아예 지원 자체를 포기해 왔던 것이다.

'혹시 영어 면접이 있으면 그냥 마음 편하게 접는다!'

면접에 임하는 철민의 마음은 그랬다. 시작 전부터!

실무 면접과 프리젠테이션, 그리고 집단 토론으로 진행된 과정을 철민은 그냥 차분하게 봤다.

다행히도 영어 면접은 없었지만, 전체적으로 잘했다기보다는 그럭저럭 봤다는 느낌이었다.

그런데… 역량 면접까지도 덜컥 붙어버렸다.

아직 최종 임원 면접이 남아 있건만, 벌써부터 별별 생각이 다 든다.

'초봉 3,000 정도라는데… 과연 성실하게 잘 다닐 수 있을까?'

하는 따위의 별 시답지 않은!

신의 직장까지는 아니더라도, 그 언저리는 충분히 된다는 S공사를 두고 말이다.

시건방지게!

당신들이 그렇게 대단해?

최종 임원 면접은 S공사의 본사 빌딩에서 한다.

대기실에 모인 인원은 30여 명으로 줄었다. 2배수!

그런 수치적인 대비 외에 철민이 이번에야말로 긴장되지 않을 수 없는 이유 중 하나는, 경쟁자들의 얼굴에 선명하게 떠올라 있는 파릇하게 날선 긴장감이다.

그야말로 최종 관문이다.

모두가 절실한 심정들일 것이다. 그리고 필사적인 각오를 품고 왔을 것이다.

그런 절실함과 각오야말로 당연하고도 정상적이다. 취업 전쟁! 그 치열한 전쟁의 마지막 고지를 눈앞에 두고 있는 시점이니 말이다.

철민은 가만히 스스로를 추스른다. 필사적으로까지 되지는 말자고!

검은색 가죽을 통으로 덧댄 듯한 커다란 문이 육중한 느낌으로 버티고 서 있다. 그 문의 안쪽이 면접장이다.

5명씩 짜인 조 중에서 철민이 제일 첫 번째 조다.

부여받은 번호는 3번.

가장 긴장감이 클 수밖에 없는 첫 번째 조에다, 바로 앞

뒤 번호인 2번과 4번이 모두 여자라는 점도 괜스레 부담이
된다.

그러나 크게 긴장되는 것은 아니다. 굳이 그럴 까닭도 없
었고.

매도 먼저 맞는 놈이 낫다는 소리도 있지 않은가?

빨리, 간단히 끝내리라!

면접장의 문이 열린다.

"1조 들어오세요!"

순간 갑자기 긴장이 확 덮쳐든다.

그에 괜스레 몸이 굳어진다.

무겁고 엄숙한 분위기다. 회색의 벽면을 등지고 일렬로
앉아 있는 면접관들은 지금 서슬 퍼런 위엄을 뿜어내고 있
는 듯하다.

면접관은 모두 일곱이다. 세세히 살펴볼 여유까지는 없지
만, 대체로 이마가 뒤로 훌렁 넘어갔거나, 희끗희끗한 머리
다. 그리고 공통적으로는 역시 근엄한 표정들이다. '나는 임
원급이다!' 그런 포스를 꽉꽉 풍기는 듯하다.

1조의 5명은 선 채로, 대기실에서 잠깐 짜놓았던 인사말
로 함께 인사를 했다. 그리고 수험 번호순으로 각기 자리에
앉았다.

곧바로 질문이 시작되었다.

자기소개를 해봐라!

왜 우리 공사에 지원을 했느냐?

우리 공사에서 왜 당신을 뽑아야 한다고 생각하느냐?

자신의 강점과 약점에 대해 말해봐라!

약점에 대해, 그 약점을 보완하기 위해 어떤 노력들을 해왔는가? 등등 얼추 비슷하게, 예상 질문의 범주 내였다.

다들 최선을 다해 대답을 했고, 철민 또한 준비해 온 답변들을 응용해서 무난하게 대답을 할 수 있었다.

제법 시간이 흘러 면접관들의 질문은 이윽고 잦아든다.

그렇게 면접은 끝나는 듯했다. 무난하게! 7명의 면접관 중 좌우 양끝에 앉아 있으면서 그때까지 한마디도 하지 않고 있던 2명 중 좌측의 면접관이 문득 다른 면접관들에게 무언가 허락을 구한다는 듯이 가볍게 고개를 숙여 보이기 전까지만 해도 말이다.

면접이 제법 진행되고 난 뒤에야 알아챌 수 있었던 사실이지만, 그 2명의 면접관들은 30대 중반쯤의 상대적으로 젊은 나이라는 데서 다른 면접관들과는 사뭇 차이가 나 보였다.

"OK! From now……."

그 맨 좌측의 면접관이 뭐라고 말을 시작했는데, 이게 뭔가? 영어다.

'시파! 영어라니……? 이 순간에 영어라니? 아예 마음을 놓고 있던 영어라니? 사람 뒤통수를 쳐도 유분수지… 사기치는 것도 아니고, 뭐 이런 씨……!'

먼저 질문을 받은 1번 수험생 역시 당황한 기색이 역력하다. 그러나 그는 더듬거리긴 해도 뭐라고 대답을 곧잘 한다.

그리고 2번 수험생. 그 똑똑하게 생긴 여자는 아예 유창하다. 무슨 내용인지 알아들을 수야 없는 노릇이었지만, 자신 있게 굴려 내는 발음만으로도 그렇다. 어학연수깨나 한 것 같은 필이다.

드디어 영어 면접관의 시선이 철민에게로 향한다.

"Mr. Kim!"

"Yes, Sir!"

철민의 목소리가 저도 모르게 떨려 나온다.

이어 영어 면접관이 뭐라고 질문을 던진다.

'아! 시바! 도대체 뭐라는 거야?'

도통 알아들을 수가 없다. 그렇더라도 하는 데까지는 해봐야 한다.

"Umm… I think… Umm……."

하며 철민이 진땀을 빼고 있는 중이었는데…

"Next!"

영어 면접관이 가차 없이 선언한다. 찬바람이 쌩 불도록 단호하게!

철민은 저도 모르게 고개를 숙이고 만다. 당황스럽기도 하고, 괜스레 화가 나기도 한다. 어쨌든 확실하다 싶은 건 면접에서 떨어질 거란 사실이다. 그리고 그렇게 생각하니 차라리 마음이 편해진다.

영어 면접은 1조 5명을 다 거치고 끝이 났다.

면접은 아직 끝나지 않았다. 질문을 하지 않고 있던 나머지 한 명의 면접관, 즉 맨 우측의 면접관이 이어서 질문을 시작한다.

그런데 그 면접관의 질문 방식은 지금까지와는 확연히 다르다. 표정이나 말투부터가 날카롭고 매섭다. 눈빛을 마주치는 것만으로도 절로 움찔거려질 정도로!

'압박 면접이다!'

뒤늦게야 그런 느낌이 확 와 닿는다.

대답을 하는 1번 수험생의 목소리가 여지없이 떨려 나온다.

압박 면접관은 곧장 꼬투리를 잡더니 노골적으로 비판을 가하며 몰아붙인다.

1번 수험생은 대번에 당황하며 다듬거리기 시작한다. 그러나 그는 아슬아슬한 와중에도 위기를 잘 넘겼고, 압박 면접관의 질문은 다음의 2번에게로 넘어간다.

지금 철민은 차라리 구경꾼 내지는 관찰자가 된 심정이었다.

2번의 똑똑하게 생긴 여자는, 1번이 압박을 당할 때부터 눈에 보일 정도로 얼굴이 창백하게 변해 있었다. 압박 면접관이 날카롭게 주시하는 것만으로도 여자는 덜덜 떨기 시작한다. 그리고 이윽고 압박 면접관이 질문을 던지자, 여자는 입만 벙긋거릴 뿐 소리조차 내지 못한다.

"지금 뭐 하는 겁니까? 그런 상황에 대해 어떻게 대처할 거냐고 묻고 있지 않습니까?"

압박 면접관이 매섭게 다그친다.

"흑……!"

여자는 기어코 울음을 터뜨리고 만다.

압박 면접관의 표정이 설핏 일그러진다. 그러나 그는 곧장 다음 순서로 넘어가 버린다.

"다음 3번! 김철민 씨!"

호명이 되었지만, 철민은 대답하지 않았다. 2번의 여자가 대답을 하지 못한 것에 대한 일종의 연대 의식이 촉발되었다고 할까? 혹은 여자의 울음이 뭔지 모를 반감을 울컥 치솟게 만든 것 같기도 하다.

압박 면접관의 눈빛이 날카로워진다. 입술 끝도 조금 비틀어진다.

철민은 면접관과 가만히 시선을 맞추고 있다.

다른 면접관들의 시선이 일제히 철민에게로 모아진다. 의아함을 담고, 혹은 질책을 담고서.

압박 면접관은 철민을 무시하기로 결정한 듯하다. 곧장 시선을 4번 수험생에게로 옮겨 간다.

그때였다.

"잠깐만요! 다시 하겠습니다!"

약간의 울음기가 섞인 소리가 다급하게 울린다. 2번 여자다. 여전히 눈물이 그렁거리는 그녀의 두 눈에는 지금 절박함이 가득하다.

그러나 압박 면접관은 2번 여자에게 시선조차 주지 않은 채로 차갑게 말한다.

"사회는 냉정한 곳입니다. 한 번의 실수로 회사에 엄청난 손해를 입힐 수도 있습니다. 그러므로 '다시'란 존재하지 않습니다!"

"죄송합니다. 한 번만… 딱 한 번만 기회를 더 주시면… 정말… 잘하겠습니다!"

2번 여자의 목소리가 사정없이 떨려 나온다. 절박한 호소다.

철민도 문득 온몸이 떨리기 시작하는 것만 같다. 바로 옆에 있는 여자의 떨림이 고스란히 전해져 오는 듯하다.

압박 면접관이 힐끗 2번 여자를 본다. 그러나 이내 시선을 옮기며 차갑게 외친다.

"다음! 4번 조미애 씨!"

"예……!"

4번이 당황스럽게 대답한다.

그 사이로 2번 여자의 가녀린 애원이 희미하게 끼어든다.

"제발……!"

순간 철민은 의자를 박차고 일어선다. 주체할 수 없이 용솟음친 뜨거운 무언가가 그를 그렇게 하도록 만들었다.

'여기가 무슨 대단한 곳이라고, 사람을 이런 식으로까지 대해? 당신들이 그렇게 대단해?'

그렇게 쏘아 주고 싶다. 차마 그럴 용기까지는 내지 못했지만, 철민은 잠시 압박 면접관을 노려본다.

압박 면적관은 크게 당황한 듯이 흠칫 시선을 피한다.

철민은 이어 다른 면접관들을 차례로 쭉 훑어본다. 모두들 황당하고 어이없다는 듯이 그를 바라보고 있다.

철민은 곧장 문을 향해 걸어간다. 그리고 벌컥 문을 열어젖힌다. 바깥 대기실에 있던 사람들의 의아한 시선이 일제히 그에게로 쏠린다.

쾅!

등 뒤로 문이 세게 닫히자, 대기실의 시선들은 이윽고 놀라움을 표시한다.

철민은 어깨를 쭉 편다. 그리고 성큼성큼 걸어간다. 괜히 시원하다. 뭔지 모르게 후련한 느낌이다.

집까지 도착해 놓고도 철민은 어떻게 왔는지 잘 모르겠다는 기분이다.

멍하다.

지하철을 어떻게 탔고, 무슨 생각을 하면서 왔는지 기억에 없었다.

면접장을 박차고 나올 때만 해도 뭔지 모를 격정과 비장함 같은 것으로 가슴이 뿌듯하기까지 했는데, 막상 원룸의 문을 열고 들어서자 갑자기 허탈해지는 느낌이다.

면접 시간에 쫓겨 급하게 나가느라 엉망으로 늘어놓은 방안 풍경이 문득 현실을 일깨운다.

동시에 막연한, 혹은 막막한 후회와 아쉬움 같은 것들이 불쑥불쑥 밀려든다.

'제기랄!'

그러나 그는 힘주어 어깨를 편다.

쪼그라들 필요까지는 없는 것이다.

다시 만들어 나가면 되는 것이다. 과거나 미래가 아닌 지금부터!

어떻게 만들어 나가야 할지에 대해서는, 이제부터 천천히 생각해 보면 될 일이다.

급하게 서두를 이유는 조금도 없다.

갑자기 피곤이 밀려들었다. 억수처럼!

철민은 펴져 있는 이불 위로 널브러지듯이 엎어진다.

그러곤 그대로 잠에 빠져든다. 깊이! 아주 깊이!

고작 월세가 밀리느니 마느니 하는 따위의 일로

철민은 원룸을 전세에서 월세로 바꾸기로 했다.

쥐 죽은 듯이 있기로 한 것이지만, 그렇다고 구차하게 살 필요까지는 없다는 생각이다. 적어도 먹는 것, 입는 것 정도는 조금쯤은 풍족해져도 되지 않겠느냐, 아니 당연히 그래야 되는 것 아닌가 싶다.

"갑자기 뭔 일이라도 생겼남?"

원룸 주인아주머니의 얼굴에 설핏 불안한 기색이 비치는 것을 본 철민이 얼른 선수를 친다.

"그런 건 아니고요… 갑작스럽게 목돈을 좀 돌려야 할 일이 생겨서요! 넉넉잡고 서너 달 안에는 다시 돌려받을 건데, 그때 다시 전세로 전환해 주실 거죠?"

"글쎄… 그기사 그때 가서 다시 봐야 되겠지만서도……."

주인아주머니가 말끝을 흐리며 잠깐 생각하더니, 문득 정색을 하며 말한다.

"총각한테 급한 사정이 생겼다 카이 할 수 없는 일이지만서도… 일단 월세로 전환한 다음에는 날짜를 꼭 지켜야 되는 기라! 월세 계약이라 카는 기 두 달만 밀리면 계약 파기를 할 수 있다는 거는 알고 있제?"

철민은 조금 서운하다는 생각이 들기는 했지만, 순순히 고개를 끄덕였다.

"예! 월세를 밀릴 일은 없으니까, 그런 건 염려 안 하셔도 됩니다!"

철민의 그 소리에 주인아주머니는 자신이 조금 매정했다 싶었는지 얼른 표정을 바꾼다.

"아유! 염려를 하는 건 아이고… 총각이 분명한 사람이란 건 내도 알지! 다만 월세에 혹시 차질이라도 생기면 우리도 곤란해지니까 그라는 기제! 우리도 달리 돈 나오는 구석 없이, 이 원룸에서 나오는 세 가지고 빠듯하게 살아가는 처지 아이가!"

"예……!"

철민은 대충 장단을 맞추는 와중에 속으로 슬그머니 웃음이 났다. 그가 지금… 고작 월세가 밀리느니 마느니 하는 따위의 일로 신경을 쓰게 생겼는가 말이다.

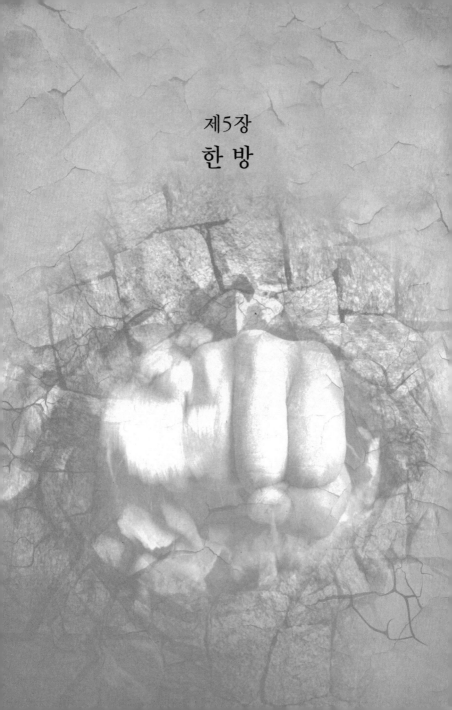

제5장
한 방

내게도 한 방이 있다!

철민은 문득 잠에서 깼다. 사방은 아직 어둡다. 벽걸이 시계의 야광 시곗바늘이 12시를 조금 넘어가 있다.

잠이 완전히 깼는데도 꼼짝도 하기 싫어서, 그는 그대로 어둠 속에 잠겨 있다. 자꾸만 가라앉는 기분이다. 마치 바닥 없는 저수지로 자꾸만 가라앉는 것처럼! 이대로 있다가는 어디론가 전혀 다른 세상으로 빨려들고 말 것만 같다.

그는 벌떡 떨치고 일어난다.

순간 머리가 핑 돈다. 미처 머리로 피가 돌지 못한 건가? 괜스레 머리가 헛헛한 듯하다. 아니, 헛헛한 건 머리가 아니라 마음인 듯하다.

"제기랄!"

일부러 소리를 내보았지만, 좀체 헛헛한 느낌에서 빠져나갈 수가 없다.

"에이, 시… 파!"

다시 욕을 뱉고 나자, 온몸을 지배하고 있던 무기력에서 겨우 벗어나는 것 같다.

그러나 기분은 여전히 꿀꿀하다. 이 시간에 딱히 할 짓도 없고, 인터넷으로 시간을 때우기도 왠지 싫고, 그렇다고 다시 누워도 잠이 올 것 같지는 않다.

근처 편의점에나 가보기로 한다. 24시 편의점이다. 아침 식사로 때울 먹거리도 좀 사고, 기분도 그러니 캔 맥주도 하나 사고!

입고 있던 편한 차림에다 슬리퍼를 끌고 원룸을 나선다. 새벽 1시를 향해 달려가는 시간이니, 아는 사람을 만나 쑥스러울 일도 없을 것이다.

밤공기가 서늘하다. 속이 좀 틔는 것 같다. 머릿속은 여전히 조금 멍했지만!

편의점은 원룸 건물에서 골목 두 개를 돌면 있다. 터덜터덜 걸어서 두 개째의 골목을 돌아 나가자 불 켜진 편의점이 보인다.

이 늦은 시간까지 자신을 기다려준 편의점에 대해, 철민은 언뜻 반가운 마음이 든다. 그것이 막상 그와는 아무 상관 없는, 24시 편의점 본연의 일이라고 해도!

그러나 다음 순간, 철민은 지뢰라도 밟은 듯이 멈칫 굳어지고 만다.

편의점 앞에 놓인 간이 테이블에 남자 하나가 앉아 있다. 별남이다. 테이블 위에는 소주병이 3개나 놓여 있다.

철민은 반사적으로 몸을 돌린다. 아침 식사로 때울 먹거리 생각이나, 기분 전환 할 캔 맥주 생각 따위는 이미 자취도 없이 달아나 버린 뒤다.

그런데 그가 되돌아 서너 걸음쯤 갔을 때였다.

"야!"

뒤쪽에서 거친 목소리가 부른다.

철민은 움찔 멈추며 반사적으로 뒤돌아본다.

"여기 소주 한 병 더 가지고 와!"

별남이 다시 외친다. 잔뜩 혀 꼬부라진 소리다. 놈은 만취 상태다.

철민은 안도의 숨을 내쉰다. 천만다행이다. 별남은 그를 부른 것이 아니다.

편의점 안에서 쭈뼛거리는 걸음으로 누군가 나온다. 젊은 아가씨. 아마도 야간 알바인 모양이다.

"아저씨! 돈을 주셔야지… 더 이상 그냥은 곤란해요!"

알바 아가씨의 목소리가 지극히 조심스럽다. 그 말로 사정을 짐작하건대, 그녀는 이미 간이 테이블에 놓인 3병의 소주를 '그냥' 내준 모양이다.

"이런 씨……! 누가 돈 안 주겠다냐? 다 마시고 나서 준다니까?"

놈이 거칠게 뱉는다. 알바 아가씨가 움찔하는 모습이 철민에게도 확연하다. 그러나 잔뜩 겁을 먹는 모습이면서도, 그녀는 가까스로 고개를 가로젓고 있다.

"안 돼요! 며칠 전에도 외상이라며 그냥 가시는 바람에 제 돈으로 물어냈는데……."

힘겨운 거부다. 아니, 차라리 애처로운 호소다.

철민은 다시 몸을 돌린다. 그와는 상관없는 일일뿐이다. 눈앞에 보이는 사태가 아무리 명백한 불의라고 해도, 그에게는 상관할 의지 같은 건 조금도 없다. 설령… 그에게 불의에 항거하고자 하는 의지가 있다고 해도, 그래서 그가 상관했다고 해도 결국 바로잡아질 것은 아무것도 없는 것이다. 지금까지 이미 충분히 그래왔던 것처럼! 솔직하게는… 의지 이전에 감히 그런 시도를 해볼 용기 자체가 그에게는 없다.

그러나 철민은 차마 걸음을 떼지는 못한다. 잠시 미적거리다가 그는 다시 고개를 돌려 뒤를 돌아본다. 뭘 어떻게 해보겠다는 것은 아니다. 그냥 마음이 불편해서다.

"그런데 이게 지금… 누구를 무슨 생양아치로 몰려고 하나?"

와장창!

놈이 테이블을 뒤집어엎는다.

"엄마야~!"

알바 아가씨가 놀라 소리치며 편의점 안으로 도망친다.

놈은 비틀거리며 그녀를 쫓아 편의점 안으로 들어가고 있다.

알바 아가씨는 급한 대로 입구의 계산대 안쪽으로 피했다.

놈이 지폐 한 장을 꺼내 알바 아가씨의 눈앞에다 대고 흔든다. 푸른색인 걸로 보아 만 원짜리다.

"야, 이년아! 봐라! 보라고! 이건 돈 아니냐? 네년 눈에는 이게 돈으로 안 보이냐고? 이걸 그냥 확……!"

놈이 주먹으로 때릴 듯이 위협한다.

알바 아가씨는 숫제 바닥에 주저앉고 만다.

놈의 행패는 그걸로 끝나지 않는다. 그녀를 버려두고 매장 안쪽으로 들어가더니, 놈이 소주 한 병을 들고는 다시 계산대로 나온다. 그런데 뚜껑을 돌려 따고 병째 입으로 가져가 나발을 부는가 싶더니 갑자기…

"푸~ 우!"

하고 주저앉아 웅크리고 있는 알바 아가씨의 머리 위로 술을 뿜는다. 이어 놈은 주머니에서 라이터를 꺼내서는 손에 들고 있던 지폐에다 불을 붙인다. 그러고는 그걸 다시 알바 아가씨의 머리 위로 던지며 소리를 지른다.

"옜다, 이년아! 소주 값이다! 돈 받아라, 이년아!"

그리고 놈은 다시 알바 아가씨의 머리 위로 소주를 부으며 낄낄거린다.

"아이고, 이년아! 대가리에 불붙었다. 불 꺼야지, 불!"

순간 철민은 다시 뒤돌아선다.

"씨~ 발!"

욕이 튀어나온다.

누구에게, 무엇에 대해 하는 욕인지는 스스로도 분명치가 않다.

철민은 그대로 뛰기 시작한다. 편의점을 향해!

그러나 그 순간에도 명료하지는 않다.

막상 편의점으로 달려간다고 해서 과연 어떻게 할 것인

지! 과연 무엇을 할 수 있다는 건지!

지금 그를 움직이는 것은 다만, 가슴속에서 맹렬히 치밀고 오르고 있는 견딜 수 없도록 뜨거운 무엇이다.

편의점으로 불쑥 들어서는 철민의 기세에 놈은 설핏 놀라는 모양새다. 그러나 이내 철민을 알아보았는지, 놈이 두 눈을 부라린다.

"뭐냐?"

철민은 멈칫 얼어붙고 만다.

놈이 곧장 거칠어진다.

"지금 뭐 하는 거냐고, 새끼야?"

철민은 순간 멍해지고 만다. 방금 전까지 그의 가슴속에서 맹렬히 치밀던 '견딜 수 없도록 뜨거운 무엇'은 지금 이 순간 흔적도 없이 사라지고 없다.

놈이 성큼 다가선다. 그러곤 곧장 철민의 멱살을 틀어잡는다.

"이게… 사람 말이 말 같지 않냐? 뭐 하는 거냐고 묻고 있잖아, 씨발 놈아!"

놈의 입에서 독하고 역겨운 술 냄새가 확 끼쳐 온다.

철민은 다급해진다. 죄송하게 되었다고 굽실거릴까, 아니면 확 뿌리치고 도망쳐 버릴까? 그러다가는 문득, 억울하다는 생각이 든다.

'내가 뭘 잘못했는데? 내가 왜 이 개차반 같은 새끼에게 또 굽실거려야 하는데? 왜 도망을 쳐야 하는데?'

그는 이제 예전의 김철민이 아니다. 오로지 취업에만 목을 매던 불쌍한 김철민이 아닌 것이다. 그는 부자다. 380억이라는 엄청난 돈을 가진 거부다! 그런 그가, 겨우 이따위 개만도 못한 새끼에게 또다시 굽실거려야 한다면, 또다시 비겁하게 도망쳐야 한다면, 또다시 자존심을 짓밟히고 초라해진다면 아무리 엄청난 돈이 있더라도 그게 다 무슨 소용이란 말인가? 도대체 무슨 의미가 있다는 말인가?

"에이… 씨… 발!"

기합이라도 되는 양 철민은 욕을 씹어뱉는다. 그리고 온 힘을 다해 놈의 가슴팍을 확 밀쳐 버린다.

그처럼 우악스럽게 철민의 멱살을 틀어잡고 있던 기세에 비해 놈은 의외로 힘없이 뒤로 밀려난다. 심지어 바닥에 엉덩방아를 찧으며 나동그라진다. 술에 만취했기 때문일까?

철민은 가슴이 터질 것만 같다. 심장이 마구 두방망이질 치고 온몸으로 전율이 번져 나간다. 주체하지 못할 떨림 때문에라도 그는 있는 힘껏 소리친다.

"밖으로 나와라, 개새끼야!"

철민은 성큼성큼 편의점 바깥으로 걸어 나간다.

놈이 엉거주춤 몸을 일으킨다.

"저런… 시팔 새끼가 돌았나?"

악다구니를 쓰며 밖으로 쫓아 나온 놈은 곧장 광분한다. 쓰러진 간이 테이블 옆에 나뒹굴고 있는 철제 의자를 대뜸 집어 들고는 마구 휘두르며 철민을 향해 덤벼든다.

철민은 피하지 않는다. 사정없이 후들거리는 두 다리에 힘을 꽉! 주고 버티고 서서 놈을 노려본다.

'한 방이 있다! 내게도 한 방이 있다!'

철민은 속으로 외친다. 주문을 외우듯이! 정말이다, 거짓말이 아니다. 그에게도 한 방은 있다. 아니, 한 방이 있던 때가 있었다. 기억도 가물가물한 예전의 어린 시절이었지만, 말 그대로 '두 방'은 아니고 정말로 딱 '한 방'뿐이었지만!

문득 놈의 관자놀이가 선명하게 드러나 보인다. 놈의 관자놀이는 아주 천천히 움직이고 있다. 느리게 돌아가는 비디오 화면처럼!

철민은 주먹을 날린다. 천천히! 정확하게!

딱 한 방이다. 그 한 방 다음에 또 어떻게 하겠다는 보장은 결코 없다! 정말로 딱 한 방이었다.

퍽!

놈의 눈동자에서 초점이 사라지고 있다. 이어 놈은 뻣뻣

한 채로 마치 썩은 나무 기둥이 쓰러지듯이 모로 넘어간다. 그러고는 움직임이 없다. 아예 축 늘어져 버린 것이다.

아찔한 쾌감이 지나가고 있다. 아니, 눈앞이 돌연 하얗게 변하고 마는 현기증이다. 참으로 오랜만의 경험이다. 이삼 초쯤이나 지났을까? 현기증에 이어 찾아드는 무기력증에 철민은 다시금 꽉! 두 다리에 힘을 주어야만 했다.

그런 와중에 철민은 문득 싸해지는 기분이 되고 만다. 덜 컥 겁이 밀려든다.

'관자놀이를 조금 비켜서 쳐야 했는데……!'

급소를 너무 정통으로 가격해 버렸다. 순간적으로 머릿속이 아득해져 오는 것만 같아서, 철민은 그저 우두커니 서 있을 수밖에 없었다.

편의점 안에서 알바 아가씨가 주춤거리며 밖으로 나온다. 그녀는 멍하니 서 있는 철민을 힐끗 보고는, 주춤거리며 쓰러져 있는 놈에게로 다가간다. 그리고 조심스럽게 놈의 상태를 살피는가 싶더니, 다시 철민에게로 다가온다.

"잠시 기절한 것 같으니까, 얼른 가세요! 저 사람 깨어나면 또 무슨 난리를 칠지 모르니까요!"

알바 아가씨의 나직한 목소리에 담긴 걱정과 재촉이 철민의 등을 떠민다.

어떻게 하든 감당이야 되지 않겠어?

원룸으로 돌아오긴 했지만 철민은 영 진정이 되지 않는
다. 점점 더 불안해진다.

'어떻게 되었을까? 혹시 잘못된 건 아닐까? 사람이 정신을
잃고 쓰러졌으면 119라도 불렀어야 하는데, 아무런 조치도
취하지 않고 도망치듯이 와버렸으니……! 지금이라도 다시
가 봐야 하는 건 아닐까?'

그러나 머릿속만 어지러울 뿐, 막상 누운 자리에서 꼼짝
할 의지조차 생기지 않는다.

문득 눈이 부신 느낌에 철민은 잠이 깼다. 사방이 환하
다. 어느새 아침이다. 이런저런 생각에 뒤척이다 깜빡 잠이
들고 만 것 같다.

그런데 바깥이 소란스럽다. 누군가 악다구니를 써대고 있
는 중이다. 자세히 들어보거나, 창밖을 내다볼 필요도 없다.
곧바로 감이 온다. 놈이다.

'다행이다!'

철민이 가장 먼저 떠올린 생각이었다. 마음이 차분해지면
서 다소간의 자기 합리화가 되기도 한다.

'그런 개차반 같은 양아치 새끼는 진작 누구라도 나서서
어떻게 좀 했어야 하는 것 아냐? 무섭다고, 뒤탈이 두렵다

고, 더럽다고 피하기만 해서는 안 되는 거잖아? 그런 핑계로, 변명으로 계속 외면하고 도망만 치면서 살 수는 없는 일이잖아? 누구 한 사람쯤은 놈에게 진짜로 뜨거운 맛을 보여줘야 하는 거잖아? 그래서 놈에게 제 놈보다 더 독하고 성깔 있는 사람도 있다는 걸 알려줘야 하잖아?'

이어 철민은 다분히 충동적인 배짱도 좀 생긴다.

'놈이 죽지 않은 이상, 어떻게 하든 감당이야 되지 않겠어? 어떻게 하든……!'

물론 그냥 충동이다. 고삐 풀린 망아지처럼 제멋대로 날뛰는 충동!

철민은 잠시간 그 고삐를 풀어 놓은 채로 있었다. 이런게 바로 돈의 힘인가 싶기도 하다. 소심하기만 했던 한 사람의 마음을 졸지에 이렇게 '막 나가도록' 바꿔 놓는 것!

정말로 콱! 죽여 버릴까?

철민은 슬쩍 창밖을 살핀다. 그의 방은 3층이어서 원룸 인근의 사거리 주변을 한눈에 내려다볼 수 있다.

놈은 원룸에서 길 하나 건너편 골목 입구에 서서 악다구니를 써대고 있는 중이다. 동네 사람들과 아이들이 감히 놈에게 가까이는 가지 못하고 멀찍이 모여서 구경을 하고 있다.

놈이 어제처럼 취한 모습이 아니라는 데 대해 철민은 설핏 두려움이 생겨난다. 그러나 곧바로 반발심이 생긴다.

'도망치지 않는다, 결코!'

그리고 철민은 스스로도 이상할 정도로 태연해진다. 더하여 묘한 자신감까지 생긴다.

이미 한 번 깬 상대다. 물론 그때 놈은 만취한 상태였지만, 어쨌든 그의 한 방에 나가떨어지지 않았는가? 그런 이상, 놈이 지금 바락바락 악을 써대면서 거친 욕설을 내뱉고 있지만, 놈은 더 이상 무섭고 두려운 존재로는 생각되지 않는다.

오히려 놈이 그를 어느 정도 두려워하고 있을 수도 있다. 그러기에 놈은 지금 곧장 원룸 건물로 치고 들어오지 못하고 멀찍이 길 건너편에서 악이나 써대고 있는 것이 아니겠는가?

철민은 천천히 옷을 챙겨 입었다.

철민이 원룸의 입구를 나서자 놈의 고함 소리가 대번에 커진다.

"야, 네가 사람을 쳐? 네가 깡패야? 어디 또 쳐 봐라! 쳐 봐, 새끼야!"

철민은 놈에게 시선조차 주지 않고 곧장 사거리를 향해 걷는다.

놈은 조급증이 일어났는지 얼른 따라붙는다. 그러나 바짝 쫓지는 못하고 10여 미터쯤 거리를 두었다.

"어딜 가, 새끼야? 사람을 패놓고 그냥 도망치냐, 새끼야?"

놈이 연신 악을 써댄다.

철민은 사거리가 시작되는 지점의 제법 넓게 트인 공간에서 멈춰 선다. 그리고 뒤돌아서서 놈과 마주한다.

그제야 놈은 뭔가 이상한 낌새를 눈치챈 모양이다.

구경꾼들이 조금씩 불어나며 근방으로 모여든다.

철민은 눈빛에 힘을 실어 놈을 노려본다. 놈이 흠칫거리는 게 느껴진다. 놈의 눈동자가 흔들리고 있다. 당황하고 있는 것이리라. 그에 철민은 이제 확신할 수 있다. 놈은 처음부터 '비겁한 놈'에 지나지 않았던 것이다. 강자에게 약하고, 약자에게만 강한. 전형적인 비겁자! 혹은 한때 제법 힘 좀 썼던 시절이 있었을지도 모르겠으나, 매일이다시피 술과 담배에 절어 살았으니 몸과 정신이 성할 수 있겠는가? 결국 놈은 옛날에 놀던 가락만 남은, 껍데기에 불과했다.

철민은 성큼 걸음을 내디뎌 놈과의 거리를 좁힌다.

"어, 어? 너, 너 이 새끼?"

압박을 느꼈던지 놈이 당황스러워하며 주춤주춤 뒤로 물

러난다. 완전히 기가 눌린 모습이다.

철민은 한걸음에 놈과의 거리를 좁히면서 그대로 한 방을 날린다.

퍽!

"윽!"

놈이 얼굴을 감싸 쥐며 비틀거린다.

철민의 주먹은 정확히 목표 지점에 꽂혔다. 어제의 학습 효과 있으니, 타격 지점은 놈의 관자놀이에서 약간 비켜난 곳이다.

철민은 놈이 고통스러워하는 것을 잠시 지켜보며 기다린다.

이윽고 정신을 추스른 놈이 바락바락 악을 써댄다.

"그래, 죽여라, 죽여! 어디 오늘 한번 죽어보자! 자! 또 쳐라! 쳐 보라고, 개새끼야!"

철민은 말없이 다시 한 방을 날린다.

콱!

이번엔 놈의 왼쪽 옆구리다.

"헉!"

놈의 허리가 90도로 접힌다. 그런 채로 놈은 비명도 토해 내지 못하고 입만 딱딱! 벌린다.

철민은 이번에도 가만히 지켜보며 기다린다.

놈은 한참을 괴로워하고 나서야 겨우 숨을 돌리는 모양새다. 그러고는 허리도 펴지 못한 채 다시금 악다구니를 뱉어낼 참이었다.

"야, 이……."

그러나 놈의 입에서 험한 소리가 나오기도 전에 철민이 놈의 턱주가리를 올려 차버린다.

퍽!

"악!"

짧은 비명과 함께 놈은 뒤로 나가떨어진다. 벌렁 나자빠진 놈의 얼굴에 벌건 피가 번지고 있다. 놈이 정신을 차리려는 듯 고개를 세차게 휘젓자 핏방울이 사방으로 흩뿌려진다.

"아이고~! 사람 죽는다~! 이 깡패 놈이 사람 죽인다~!"

놈이 피거품을 물며 고래고래 소리친다.

철민은 헛웃음이 나왔다. 놈이 무너지고 있다. 놈은, 제법 단단한 척하던 허우대 속에 숨겨 놓았던 제 본연의 형편없는 실체를 드러내고 있다. 그러다 철민은 불쑥 문득 묘한 심정이 된다.

'죽는다고? …죽인다고? 이걸 그냥… 정말로 콱! 죽여 버릴까?'

큰일 날 생각이다. 그러나 이상하다. 철민은 문득 차갑게 가라앉는 느낌이다. 지금의 자신이라면 다 감당할 수 있을 것 같다. 어떻게 하든, 무엇을 하든!

쿡!

철민은 놈의 갈비뼈 아래쪽을 발끝으로 툭 찍어 찼다. 적당히 힘 조절을 한 것이지만, 그래도 제법 야무지게 틀어박히는 느낌이 발끝에 온다.

놈이 비명도 지르지 못하고 또르르 몸을 만다.

철민은 그런 놈의 옆구리를 지끈 밟아준다.

"끄~ 윽!"

놈이 겨우 된소리를 토해내며 꿈틀 몸을 뒤튼다.

그렇게 드러난 놈의 반대편 갈비뼈 아래쪽을 철민이 콱 찍어 찬다. 놈의 몸이 다시 또르르 말렸고, 철민은 또 놈의 옆구리를 지끈 밟는다.

"크으~ 윽!"

철민은 땅바닥을 굴러다니는 놈의 몸을 쫓으며 계속 차고 밟는다. 구석구석! 자근자근! 서둘지 않았고, 흥분되지도 않는다. 오히려 점점 냉정해지는 느낌이다. 고통은 주되, 뼈가 부러지거나 하지는 않도록 힘 조절을 해야겠다는 생각까지 할 정도로!

"악!"

"큭!"

단말마의 비명처럼 놈에게서는 외마디가 잇따라 터져 나온다. 조금의 엄살도 섞이지 않은 절박하게 토해내는 절규다.

사람들은 멀찍이 둘러선 채 구경만 할 뿐이다. 시늉이라도 말려 보려고 나서는 사람은 없었다.

철민은 이제 관성이라도 붙은 듯하다. 놈이 숨은 쉴 수 있도록, 또한 충분히 고통스러워하도록 틈을 줘가면서 계속 차고 밟는다.

놈은 이윽고 비명조차 제대로 지르지 못했다. 피투성이가 된 채 잔뜩 일그러진 놈의 표정과 눈빛에 드러나 있는 것은 절박함이었다.

철민은 이상할 정도로 시원했다. 속 깊은 곳에 잔뜩 쌓여 있던 무언가가 시원스레 풀리는 것 같다. 놈에 대해서 쌓였던 무엇이라기보다는, 지금까지 초라하고 별 볼 일 없던 인생을 허겁지겁 살아오면서 어쩔 수없이 쌓이고 또 쌓였을 가슴 깊은 곳의 찌꺼기들이 스멀스멀 용해되는 느낌이었다. 알 수 없는 쾌감이 온몸의 실핏줄을 기어 다니는 듯 통쾌하기까지 하다.

"그만해요! 그러다 정말로 큰일 내겠어!"

누군가가 소리를 친다.

그리 크지 않은 외침이었지만, 순간 철민은 차가운 물을 뒤집어쓴 듯이, 자신을 지배하고 있던 맹목적인 관념의 관성에서 화들짝 깨어난다. 한 가닥 싸한 기운이 머리에서 발끝까지 일시에 관통하고 지나가는 느낌이다.

동네 아주머니다. 왕래는 없어도, 얼굴 정도는 익히고 지내는 분이기도 하다.

철민은 가만히 한숨을 뱉고 나서 고개를 숙인다. 딱히 아주머니를 향해서라기보다는 주변에 모인 동네 사람 모두를 향해서다.

"죄송합니다!"

딱히 호응해 주는 사람은 없다. 어쩌면 그들에게 철민은, 별남과 별다를 게 없는지도 모르겠다. '이놈'이나 '저놈'이나 그저 주먹이나 휘둘러대는 '동네 양아치 새끼'이기는 마찬가지인지도 모르겠다.

철민은 다시 한 번 고개를 숙인다. 그러고는 쫓기듯이 그 자리를 벗어난다.

문득 갈증이 난다.

'어디 가서 생맥주나 한잔했으면……!'

제6장
돈의 맛

제가 잘 아는 변호사가 있거든요!

원룸으로 경찰관이 찾아왔다. 40대 초반의, 철민도 안면이 좀 있는 동네 파출소에 근무하는 양반이다.

"폭행 건으로 신고가 들어왔어요. 파출소로 같이 좀 가 주셔야겠는데……."

무슨 일인지, 또 신고자가 누군지는 물어보지 않아도 뻔하다. 그러나 철민은 일단 부인부터 하고 본다. 자신은 누구도 폭행한 사실이 없다고! 자신은 지극히 평범한 시민일 뿐이니, 누구를 폭행하는 것은 엄두조차 내지 못한다고!

경찰관도 대강의 사정을 짐작한다는 듯한 눈치다.

"신고자에 대해서는 우리도 잘 알고 있어요. 그렇지만 어쨌든 신고가 접수되었으니 조사를 안 할 수는 없는 노릇이에요. 그러니 일단은 간단히 조사를 받으시고, 그런 다음 신고자하고 적당히 해결을 보도록 하세요. 좋은 게 좋다고, 저쪽에서 진단서까지 끊었으니, 괜히 감정적으로 대응했다가 일이 커지게 되면 골치만 아플 테니까."

경찰관은 사람 좋은 웃음을 지어 보이며, 어디까지나 철민의 편에서 말을 해준다는 투였다.

그러나 철민은 그렇게 하고 싶지는 않다. '좋은 게 좋다!'는 식으로는! 사실은 벌써부터 어느 정도 작정하고 있던 일이기도 하다.

"지금 당장 파출소로 가는 건 좀 곤란하고… 일단 변호사를 선임해서 대응하도록 하겠습니다!"

철민의 말에 경찰관은 두 눈을 크게 뜬다. 이어 다시금 뭔가 충고라도 해줄 듯한 기색인 것을 철민이 얼른 자른다.

"제가 잘 아는 변호사가 있거든요!"

그 한마디에 경찰관은 곧바로 수긍이 된다는 듯한 기색으로 바뀐다.

"아… 그렇다면야, 뭐!"

다시 말씀드리지만, 전 합의 같은 거 안 봅니다!

경찰관이 돌아가고 나서 철민은 곧바로 원룸을 나선다.

법원 근처에 도착하니 온통 눈에 띄는 게 변호사 사무실 간판이다. 철민이 딱히 아는 변호사가 있을 리 없었으니, 일단 아무 곳이나 골라서 들어간다.

딸~ 랑!

사무실 문을 밀자 맑은 종소리가 울린다.

사무실은 철민이 예상했던 것보다는 훨씬 넓어 보인다. 가운데는 커다란 응접세트가 떡하니 자리를 잡고 있었는데, 검은색이기까지 해서 철민은 약간의 위압감까지 느껴야 했다. 안쪽의 창가 쪽으로 책상이 하나 놓였고, 다시 그 좌우의 조금 앞쪽으로 두 개의 책상이 더 있다.

사람은 둘이 있다. 우선 좌측의 책상에는 어깨 아래까지 치렁거리는 긴 머리의 아가씨가 앉아 있다. 그녀는 무언가 서류를 작성하는 중인 듯 열심히 키보드를 두드리느라 문을 열고 들어서서 멀뚱히 서 있는 철민에게는 눈길조차 줄 여가가 없어 보인다.

그때 가운데 창가 쪽 책상 의자에 비스듬히 등을 기댄 채 졸듯이 앉아 있던 남자가, 약간의 질책이 섞인 눈빛으로 긴 머리 아가씨 쪽을 힐끗 보고 나서야 다시 느긋하게 철민에게로 시선을 돌린다. 남자는 40대 중반쯤에 평범한 얼굴형이었는데, 머리 형태가 조금 특이하다. 즉 좌우 옆머리에 비해 가운데 머리숱이 유난히 짙고 검게 보였는데, 아마도 빈약한 정수리에서 앞머리까지를 가발로 가린 듯했다.

"무슨 일로 오셨는지……?"

끝을 맺어 주지 않는 남자의 물음은 조금 무성의한 느낌이다.

"저… 변호사를 좀 선임하려고 하는데요……!"

철민의 대답에 남자는 그제야 느릿한 몸짓으로 의자에서 일어서며 응접세트 쪽으로 나온다.

"이쪽으로 앉으시죠!"

소파에 앉기를 권하는 남자에게서 문득 전문직으로서의 경륜 같은 것이 풍기는 듯했다.

"어떤 종류의 사건입니까?"

철민이 앉자마자 던지는 남자의 질문은 언뜻 건조했다.

"예?"

"그러니까… 의뢰하시고자 하는 사건이 형사 쪽인지, 아니면 민사 쪽인지……?"

철민에게는 익숙하지 않은 용어들이 불쑥불쑥 튀어나오고 있다.

"저기… 누가 저를 폭행 건으로 경찰에 신고를 해서 요……!"

"신고를 했다면, 아직 고소를 당한 건 아니란 겁니까?"

남자가 좀 더 전문적이고 날카로운 느낌을 풍겼기에, 철민은 저도 모르게 조금 움츠러들었다.

"그게… 아까 경찰이 집으로 찾아왔는데… 고소에 대한 얘기는 따로 없었고, 신고가 접수되었으니 조사를 해야 한다며 파출소로 같이 좀 가자고……."

"그래서요?"

"예?"

"그래서 의뢰인께서는 어떻게 하셨느냐고요? 파출소로 갔습니까? 조서에 서명을 했습니까?"

"아… 아니요! 일단은… 변호사를 선임하겠다고 하고, 곧바로 여기로 오는 길입니다!"

문득 남자의 얼굴이 밝아진다.

"아주 잘하셨습니다. 무조건 변호사부터 선임하는 게 정답이지요!"

그리고 남자는 한층 느긋한 기색으로 말을 이어간다.

"형사사건에서 가장 좋은 해결 방법은 경찰 단계에서 끝내는 겁니다. 그리고 두 번째는 검찰 단계에서 끝을 내는 것이고, 가장 안 좋은 게 법원까지 가서 재판을 받고 나서야 끝을 보는 겁니다. 특히 형사사건에서는 초기에 어떻게 대응하느냐에 따라 결과가 엄청나게 달라지게 되는데, 문제는 사람들이 꼭 일이 크게 터지고 난 다음에야 부랴부랴 변호사를 찾는다는 겁니다. 경찰에서 검찰로 넘어가고 난 다음이라든지, 심지어는 기소되어서 재판에 넘어간 후에야 말입니다!"

조금 수다스럽다는 느낌이 들던 남자가 문득 은근한 느낌으로 변하며 묻는다.

"그런데 폭행 내용이 어떻게 됩니까?"

"예?"

"그러니까… 우리 의뢰인께서 어떤 상황에서, 상대의 어디를, 어떻게, 얼마나 폭행을 한 겁니까?"

"전… 폭행을 하지 않았는데요?"

"음……! 물론 그렇겠지요! 하지만… 경찰한테는 그렇게 말했더라도, 변호사한테는 솔직히 말해야 합니다. 우리가 일단은 정확한 사실을 알고 있어야, 그다음에 어느 부분을 죽일 것이며, 어느 부분을 강조할 건지, 가장 적절한 대응 방안을 뽑아 낼 수 있을 테니까 말입니다!"

그렇게까지 말하는 데 철민이 수긍하고 믿지 않을 도리는 없었다.

"흠… 그렇게 된 거로군요!"

철민에게서 사건에 대해 대강을 듣고 난 남자는, 철민의 처지에 공감을 표시한다는 듯이 고개를 끄덕거린다. 그러고는 눈치라도 살피듯이 힐끗 철민을 보고는 다시 말을 잇는다.

"그러니까 대강 판단해 보자면, 어쨌든 간에 우리 의뢰인께서는 상대방에게 일방적으로 폭행을 가한 것이 사실이고… 또 저쪽에서 진단서까지 끊었다는 건 고소까지 하겠다는 건데, 아까도 말했지만, 가장 좋은 건 고소 단계까지 넘어가지 않도록 하는 겁니다. 그러자면 최우선적으로 해야 할 일은, 저쪽과 합의를 보는 건데……."

"싫습니다!"

철민은 짧게, 그리고 단호하게 남자의 말을 자른다.

"예?"

남자는 얼떨떨해하는 기색이다.

"그따위 인간과 합의 따위를 보려고 했으면, 여기까지 오지도 않았을 겁니다!"

"허!"

남자는 사뭇 노골적으로 어이없다는 반응을 보인다. 그러고는 조금 시니컬한 느낌으로 묻는다.

"의뢰인께서 실형을 받게 되어도 말입니까?"

그 말에는 철민도 선뜻 대답을 하지 못했다.

남자의 표정에 희미한 웃음기가 스쳐 간다. 이어 남자는 달래듯이 말을 잇는다.

"의뢰인의 심정이 어떠하다는 것은 충분히 짐작합니다. 그러나 만약에 고소장이 접수되어 검찰로 넘어가게 되면, 일이 복잡하게 꼬이고 맙니다. 법이란 건 짜여진 틀대로 움직이는 겁니다. 일단 검찰로 넘어갔다고 쳐 봅시다! 물론 상대가 동네 양아치에다 주폭이고, 또 그간 동네에서 피해를 입은 사례도 여러 건 있다고 하니, 우리 쪽에서 그런 점을 강조하면서 오히려 자해나 공갈 협박, 무고 등등으로 저쪽을 맞고소하는 방법도 있겠지요! 그런데 그렇게 법정 다툼으로 끌고 가게 되면, 판결이 날 때까지는 꽤 오랜 시간이 걸립니다. 짧아도 4개월 이상은 봐야 되겠지요?"

그 대목에서 남자는 잠깐 숨을 돌린 후 계속 말했다.

"자! 4개월이라고 칩시다! 그동안에 쏟아부어야 하는 물질적, 정신적 노력이란 건 엄청납니다. 안 겪어본 사람들은 쉽게 상상하지 못할 정도예요. 더욱 중요한 건, 그렇게 해서도 우리 의뢰인이 반드시 무죄를 선고받으리라는 보장이 없다는 겁니다. 좀 더 비관적으로 말하자면, 어쨌든 상대를 일방적으로 폭행해서 진단서를 끊을 정도로 상처를 입힌 것은 사실이니, 최악의 경우에는 실형을 선고받을 수도 있다는 겁니다. 그래서 말씀드리는 겁니다. 이런 경우에는 어쨌든 그쪽에서 고소를 하지 않도록 하는 게 상수이고, 그러자면 역시 합의를…….”

“다시 말씀드리지만, 전 합의 같은 거 안 봅니다! 절대로!”

철민은 다시 말을 자른다.

남자의 표정이 언뜻 굳어진다.

‘뭐 이런 친구가 다 있어?’

아마도 그런 심정인 것 같다. 그러나 역시, 이런 종류의 일쯤은 수도 없이 겪었을 전문가답게, 남자는 이내 표정을 추스른다.

“음! 의뢰인께서 정 그러시다면 뭐, 변호사로서는 어쨌든 의뢰인의 생각을 존중할 수밖에 없습니다. 다만 상황이 훨씬 복잡하게 전개될 것이니만큼, 아무래도 비용적인 측면은… 충분히 고려하셔야 할 겁니다.”

“얼마 정도나……?”

“그게… 실제로 일을 진행시켜 나가 봐야 어떤 변수들이 생기는지 정확히 알 수 있을 테니, 지금으로서는 상당히 가변적이라고 할 수밖에 없지만, 일단 대략적으로만 쳐보더라도… 적어도 500 이상은 각오하셔야 할 겁니다!”

“500이면, 500만 원을 말씀하시는 겁니까?”

남자는 희미하게 웃는 것으로 대답을 대신한다.

"그 정도면 확실하게 해결될 수 있는 겁니까?"

철민의 물음에 남자는 느긋하게 젖히고 있던 허리를 바로 세운다. 문득 구미가 당긴다는 듯이!

"물론 소송에서 100퍼센트 보장이란 건 있을 수 없습니다. 그러나 일단 우리 사무실의 역량을 쏟아붓는다면, 적어도 80퍼센트 이상의 성공을 보장할 수 있습니다!"

철민은 잠시 생각을 정리한다. 그리고 또박또박한 투로 말한다.

"좋습니다! 그럼 정식으로 의뢰를 하죠! 단, 그 80퍼센트의 성공 확률, 100퍼센트로 올리는 걸로 하죠!"

"하하하! 그거야 저희도 그러고 싶지만……."

"대신 500만 원을 선불로 드리고, 성공 사례금으로 다시 500만 원을 더 드리도록 하겠습니다!"

순간 남자의 표정이 확 달라진다.

철민이 좀 더 천천한 투로 덧붙인다.

"단, 성공 사례금은 사건이 깨끗하게 해결되어야 함은 물론이고, 또한 그 과정에서 제가 귀찮아지는 일이 최소화되어야 드린다는 조건입니다!"

남자는 잠깐 묘한 빛으로 철민을 바라본다. 그러더니 문득, 여전히 키보드를 두들겨 대고 있는 긴 머리 아가씨를 향해 소리친다.

"미스 리! 여기 커피 좀 내와야지?"

긴 머리 아가씨가 내온 커피는 단맛이 강하다. 철민이 성
의를 생각해서 겨우 두어 모금쯤 홀짝거린 뒤 잔을 내려놓
으며 남자에게 말한다.

"그런데 변호사님!"

그러자 남자는 짐짓 당황스럽다는 듯 눈을 조금 크게 뜬
다.

"아… 저는 아닙니다. 저희 변호사님은 따로 계십니다!"

철민이 당황스러워할 때 남자가 멋쩍다는 듯이 웃으며 덧
붙인다.

"저희 변호사님은 지금 다른 사건으로 법원에 들어가 계
십니다!"

그러면서 남자는 흘깃 옆쪽을 돌아본다.

철민이 그 시선을 따라가 보니 사무실 한쪽에 문이 하나
따로 있었다. 벽면의 색과 비슷해서 철민이 지금까지는 미
처 보지 못했던 문인데, 달리 명판 같은 것이 붙어 있지는
않지만, 아마도 그 안쪽에 변호사의 집무실이 별도로 있는
모양이다.

"저는 사무장입니다! 하하하!"

남자가 짐짓 호탕하게 웃으며 명함 한 장을 내민다.

〈김형태 변호사사무실 사무장 정현석〉

이어 남자, 정현석 사무장은 진중한 기색으로 바뀐다.

"일은 곧바로 착수하겠습니다! 이제부터 모든 것은 저희 사무실에서 알아서 처리할 것이며, 아주 예외적인 상황이 생기지 않는 한, 의뢰인을 귀찮게 해드리는 일은 없을 겁니다!"

돈의 맛(1)

500만 원은 곧장 인터넷뱅킹으로 송금했다. 그러고 보면 돈이란 게 생긴 만큼 또 쓰라는 법인 모양인가? 한동안 좀 여유롭게 쓰려고 전세를 월세로 돌려 만들어둔 목돈이었는데, 생각지도 못한 곳에 쓰게 생겼으니 말이다.

파출소에는 가지 않았다. 그런데도 오라 가라는 말이 없다. 아무래도 변호사 사무실 쪽에서 뭘 어떻게 하긴 한 모양이다. 잘은 모르겠지만! 그리고 골치 아프게 세세히 알 필요도 없는 일이지만!

저녁 무렵, 정현석 사무장이 전화를 했다.

―저쪽에서 결국은 정식으로 고소를 했습니다!

그러더니 그는 엉뚱하게도 철민에 대한 칭찬으로 말을 잇는다.

―어제 경찰에게 하신 일차 대응은 정말로 훌륭했습니다!

"무슨 말씀이신지……?"

―어제 경찰이 댁으로 찾아갔을 때, 우리 의뢰인께서 '나는 누구도 폭행한 사실이 없다!'고 명확하게 부인을 하셨고, 다시 '나는 지극히 평범한 시민일 뿐이니, 누구를 폭행하는 것은 엄두조차 내지 못하는 사람!'이라고 하신 것 말입니다. 경찰 조사서에 그게 그대로 피조사자의 진술 내용으로 올라가 있더라고요!

"아… 그렇던가요?"

―그리고 또 한 가지! 고소인이 폭행을 당하긴 했는데, 막상 우리 의뢰인께 맞았다는 증거는 확실치 않다고 기술되어 있어요!

"예?"

―그게 그러니까, 고소인의 진술로는 우리 의뢰인께서 자신을 폭행하는 것을 주변의 여러 사람이 다 봤다고 했는데, 막상 경찰이 동네 사람들에게 탐문 조사를 한 결과, 그날 현장을 봤다고 하는 사람이 아무도 없다는 거예요! 결국 증인이 한 사람도 확보가 안 된 상황이라는 거지요!

"아……!"

─어쨌든 이런저런 상황들을 종합해서 대강 가닥을 잡았는데, 일단은 검찰에서 불기소처분으로 처리되도록 목표를 잡고 가볼 계획입니다!

"불기소처분이요……?"

철민의 반응에서 정현석 사무장은 철민이 법에 대해 상당히 무지한 편이라는 사실을 새삼 확인한 듯하다. 그는 곧바로 친절한 설명 모드로 들어간다.

─그러니까… 불기소처분이란 건 말입니다! 검사가 공소를 제기하지 않는 처분을 말하는데, 다시 '기소유예', '혐의 없음', '죄가 안 됨', '공소권 없음', '각하' 등등이 있습니다. 흠… 그중 우리가 목표로 잡는 것은 바로 '혐의 없음'인데, 그러니까 '혐의 없음'에는 다시 '범죄 인정 안 됨'과 '증거 불충분' 두 가지가 있는데, '범죄 인정 안 됨으로 인한 혐의 없음'은 사건에 대한 피의 사실이 범죄를 구성하지 않거나 범죄로 인정되지 않는 경우이고, '증거불충분으로 인한 혐의 없음'은 사건에 대한 피의 사실을 인정할 만한 충분한 증거가 없는 경우를 말합니다. 에, 또! 그러니까… 우리의 경우에는 당연히 '증거불충분으로 인한 혐의 없음' 쪽으로 가려는 것이지요!

마치 법전의 빽빽한 대목 하나를 단숨에 읽어 내린 듯 정

현석 사무장은,

—휴우~!

하고 한숨으로 긴 설명을 마무리 짓는다.

이해를 하기에는 역부족이었지만, 그렇더라도 철민은,

"아, 예! 그런 거군요!"

하고 호응을 해준다. 어쨌든 문제가 되지 않도록 잘 처리하겠다는 얘기임에는 분명하다.

정현석 사무장이 다시 말을 이어 나간다.

—그러나 혹시 또 몰라서 방어벽을 하나 더 쳐 두려고 합니다. 즉, 우리 쪽에서도 맞고소를 걸어두는 거지요. 무고로 말입니다!

철민은 더 이상 의문을 제기하지도, 추가 설명을 요구하지도 않았다. 다만 그렇게 하시라고만 했다.

전화를 끊고 나서야 문득 실감이 난다. 돈의 위력이랄까, 혹은 돈의 맛이랄까? 참 맛깔스럽지 않은가?

너, 좀 더 맞자!

자정 무렵이 되기를 기다린 철민은 자정이 되자 집을 나선다. 놈을 찾아 나서는 길이다.

기왕 시작한 김에 끝을 볼 생각이다.

이 시간쯤이면 놈은 마치 중독처럼 동네 어느 구석진 곳을 차지하고 있을 것인데, 놈이 있을 만한 곳을 찾는 것은 그리 어려운 일이 아니다.

과연 찾아다닐 것까지도 없었다.

예의 그 24시 편의점 앞!

놈은 역시 예의 그 간이 테이블에 앉아서 술을 마시고 있다.

철민은 곧장 놈을 향해 다가간다.

놈은 뒤늦게 철민을 발견하고는 놀라 벌떡 자리에서 일어선다. 그러고는 대뜸 손가락질을 해대며 악다구니를 쓰기 시작한다.

"새꺄! 왜, 나한테 볼일 있냐? 미리 말해두지만, 합의 같은 거는 꿈도 꾸지 마라! 내가 이번에 무슨 일이 있어도 너 꼭 콩밥 먹이고 만다, 개새끼야!"

철민이 성큼 놈과의 거리를 좁히고 난 다음, 느긋한 투로 받아준다.

"합의……? 너 같은 놈하고 합의 볼 생각은 전혀 없으니까, 걱정 마라!"

놈이 멈칫한다. 그러나 놈은 이내 실실거린다.

"흐흐흐… 이런, 미친 새끼! 그래, 어디 감방에 들어가서도 그런 개소리를 지껄이는지 함 두고 보자, 이 시불 놈아!"

철민이 잠시간 가만히 놈을 지켜보다가 불쑥 뱉는다.

"그 전에, 너, 좀 더 맞자!"

순간 놈은 어이없어 한다.

"뭐……? 이 새끼가 진짜로 돌았나?"

철민은 무덤덤하게 받는다.

"일단은… 500만 원어치만 맞자!"

놈이 헛웃음을 흘린다.

"헐헐! 이 새끼가 어디서 뭘 잘못 주워 처먹었나? 웬 개소
리래? 뭐, 500만 원어치? 이런 개새끼! 니가 돈 좀 있나 본
데, 그래! 니 돈 니가 쓰겠다는데 누가 말리겠냐? 자! 쳐 봐!
니가 돈이 얼마나 처 남아도는지 모르겠다만, 어디 양껏 한
번 쳐 보라고, 새꺄!"

놈이 얼굴을 들이밀자 철민은 그대로 주먹을 날린다.

퍽!

가벼운 한 방에 놈은 간단히 바닥으로 무너져 내린다. 허
리를 숙일 것도 없이 철민이 놈의 허리며 옆구리를 간단히
짓밟는다.

"악!"

"악!"

놈이 자지러지는 듯이 비명을 토해낸다.

땅바닥에 널브러져 버린 놈을 내려다보며 철민은 느긋하게 뱉는다.

"이번 것도 진단서 끊어서 고소장에 추가해라! 그리고 조만간 또 보자! 변호사 비용이 더 들어가는 만큼, 또 맞아야지? 내가 돈은 좀 넉넉한 편이니까, 내 돈 걱정은 해줄 필요 없고, 우리 아무쪼록 끝까지 한번 가 보도록 하자!"

말끝에 철민이 발뒤꿈치로 놈의 어깻죽지를 한 번 더 찍어준다.

철민이 그만 가려던 차에 마침 그때의 그 알바 아가씨가 편의점 출입구에 서서 그를 보고 있다. 눈길이 마주치자 알바 아가씨는 가볍게 고개를 숙여 보이고는 얼른 편의점 안으로 들어가 버린다.

철민은 엷은 웃음을 짓고 만다. 방금 그 모습에 알바 아가씨는 마치, 그와 어떤 무언의 교감이 통했다는 것을 보여주기라도 하는 것처럼 느껴졌기 때문이다.

너, 앞으로 내 눈에 띄지 마라!

결국 불기소처분이 내려졌다. 구체적으로는 '증거 불충분으로 인한 혐의 없음' 처분이다.

변호사 사무실에서 처음 목표했던 그대로 된 셈이다. 그리고 철민이 검찰에 출두 한번 해본 적 없었던 만큼, 귀찮은 일을 최소화해 달라는 약속도 제대로 지켜진 셈이다.

철민은 약속했던 성과 보수금을 지급했다.

그것으로 제법 파란만장했던 그 사건은 일단락되었다.

그러나 아직 남은 게 있다.

법적으로는 종결되었을지 몰라도, 놈과의 '사적인 끝장'은 아직 보지 못한 것이다. 적어도 철민은 그렇게 여겼다.

사실 철민은 그동안에도 틈이 날 때마다 놈을 찾아다녔었다.

그러나 놈이 있을 만한 곳을 죄다 뒤졌지만, 놈은 통 보이지를 않았다. 혹시 동네를 아주 떠버린 걸까?

철민이 놈을 다시 만난 것은, 사건이 일단락되고 보름 정도 지났을 즈음이다.

좀 웃긴 건, 놈과 마주친 곳이 또다시 예의 그 24시 편의점의 간이 테이블이란 사실이다.

철민을 발견한 놈은 흠칫 놀라다가는 슬쩍 고개를 돌려 외면한다.

철민이 그런 놈의 곁으로 다가서며 짐짓 무덤덤하게 말을 던진다.

"또 맞아야지?"

놈이 벌떡 의자에서 일어선다.

"이거, 왜 이래… 이미 다 끝난 일을 가지고……?"

놈은 사뭇 움츠러들어 있다. 트레이드 마크처럼 입에 달고 있던 욕이 한마디도 섞이지 않았다는 건 둘째로 치더라도, 확연히 기가 꺾인 목소리다.

그러나 철민이 기왕에 끝장을 보자고 작정한 바, 오히려 그의 입에서 거친 말이 뱉어진다.

"뭐가 다 끝나, 새끼야? 내 돈이 500만 원이나 더 들어갔는데? 그만큼 또 맞아야 되는 거지! 안 그러냐?"

'새끼' 소리까지 듣자 놈의 눈빛이 순간 날카로워진다. 그러나 놈은 막상 대꾸를 하지는 못한다. 이내 눈빛을 거둔 놈의 시선이 슬그머니 아래쪽으로 향한다.

만약 지금 누군가 사정을 모르는 사람이 두 사람을 보고 있다면, 지금까지의 두 사람의 입장과는 완전히 거꾸로 된 상상을 할 법도 하다. 즉, 놈은 힘없는 서민쯤 되고, 철민은 그런 서민을 괴롭히는 양아치나 사채업자쯤으로 말이다.

"이거 너무 심한 거 아뇨? 나한테 도대체 왜 이러는 건데……?"

놈이 감히 시선을 들지 못한 채 말했다. 놈의 말은 따지고 드는 말이 아니었고, 그저 억울하다는 호소쯤으로 들린다.

더하여 놈의 말투까지 슬쩍 달라졌다는 데 대해, 철민은 피식 실소가 나오려 한다. 그러나 그는 더욱 거칠게 놈을 몰아세운다.

"그러는 너는 새끼야, 지금까지 다른 사람들한테 도대체 왜 그랬는데, 이 개새끼야?"

놈은 숫제 머리를 쥐어뜯는 시늉이다.

"아, 씨발! 돌아버리겠네! 내가 뭘 어쨌다고? 무슨 죽을죄라도 지었다는 거야?"

"어이, 개새끼! 아닥하고, 일단 맞자! 오늘 다 못 맞으면 다음에 또 맞고!"

철민이 주먹을 쥐어 보인다.

놈이 흠칫 뒤로 물러서며 다급하게 손을 내젓는다.

"형씨! 아니, 형님! 내가 앞으로 형님으로 받들어 모실 테니까, 이제 그만 좀 합시다!"

철민은 설핏 당황하고 만다. 놈이 진심일 리는 없겠지만, 아무리 그래도 이렇게까지 하리라고는 미처 상상하지 못했다. 그러나 철민은 곧바로 울화가 확 치민다. 기껏 이 정도밖에 안 되는 인간이, 그동안 그렇게 온갖 패악을 치고 다녔단 말인가?

"이 새끼가 감히 어디다 대고 함부로 형님이야? 이 가소로운 양아치 새끼야!"

철민이 차갑게 뱉었다.

"니기미! 진짜로 미치고 팔짝 뛰겠네? 그럼 내가 도대체 어떻게 하면 되는 거요? 선생님이라고 할까? 아이고, 선생님! 지가 미처 몰라보고 죽을죄를 지었으니, 지발 한 번만 살려주십시오! 이제 됐소? 아, 씨발! 제발 그만 좀 합시다!"

놈은 완전히 허물어지고 있다.

그런데 막상 그런 놈을 보고 있자니, 철민은 통쾌하고 후련하기보다 기분이 더러워진다. 지난 몇 주 동안 자신은 도대체 무슨 짓을 한 것이란 말인가? 돈은 돈대로 쓰고, 시간은 시간대로 허비하고! 기껏 저따위 형편없는 양아치 새끼 하나를 상대로 그럴 가치가 조금이라도 있었는가 말이다.

"너, 앞으로 내 눈에 띄지 마라! 경고하는데, 만약에 다시 한 번 내 눈에 띄었다간 정말로 쥐도 새도 모르게 죽여 버린다?"

철민은 놈에게 경고했다. 무덤덤하게! 그러나 놈이 만약 경고를 어긴다면, 정말 그렇게 할지도 모르겠다는 마음이 설핏 들기도 한다.

그리고 철민은 미련 없이 돌아선다. 더 이상은 상대하고 싶지가 않았다.

발걸음이 터벅터벅. 다리에서 자꾸만 힘이 빠진다.

골목 어귀를 돌아설 때까지 그는 한 번도 뒤돌아보지 않았다.

놈이 그의 뒷모습을 어떤 눈빛으로 보고 있는지는 궁금하지도 않다. 아니, 궁금할 일말의 가치조차 없는 것이리라!

제7장
그녀

동창회

원래는 갈 생각이 전혀 없었다. 졸업한 지 14년 만의 초등학교 동창회 따위에는 말이다.

그런데 갑자기 사람이 고파진다. 공연스러운 일이다. 그러나 이윽고는 너무 고파서 참기 어려울 정도가 되어버린다.

사실… 그는 원래부터 외로운 처지다. 엄마가 매정하게 하늘나라로 간 이후 늘 혼자였다.

일가친척 하나 없는 그야말로 천애고아의 신세다. 딱히

친하다고 할 만한 친구도 없다.

그럼에도 그는 외로움 같은 감정은 잘 느끼지 못했다.

아니, 느낄 여유가 없었다고 해야 하나? 사느라고! 살아내느라고 말이다.

그나마도 추억이라고 할 만한 게 있는 시절은, 초등학교 때다.

그 시절의 몇몇 얼굴이 아직도 기억 속에 남아 있었다. 그 얼굴들을 만나면, 그중 혹시 그의 헛헛함을 채워 줄 이가 있지 않을까?

아아, 그러나… 그런 외로움과 헛헛함 따위는, 이제 살 만해졌다고 여겨지는 데서 생기는 여유 혹은 사치인지도 모른다.

혹은 지금까지 오로지 매달려 왔던 공부나 취직 같은 목적과 목표들이 갑자기 시들해져 버렸기 때문인지도!

그리하여 절박함과 절실함이 증발해 버린 그의 마음속 빈 공간을 대신 채워 줄 무언가를 필요로 하고 있는 것이리라!

철민은 며칠 전에 사둔 몇 개의 모자들 중 하나를 골라 썼다.

기껏 모자 하나 썼을 뿐인데, 거울 속의 모습이 낯설다.

모자는 아직 결정하지 못한 그의 마음을 대변하는 것이다.

과연 동창들을 만나 볼지, 아니면 멀리서 눈으로만 보고 그냥 돌아올지!

어쨌든 약속 장소 근방까지는 가볼 작정이었다.

그녀

아직 어둠이 내리기엔 한참이나 시간이 남았다.

그러나 도심의 거리는 벌써부터 하나둘 조명을 밝히며 화려한 밤의 풍경을 만들어가기 시작하고 있다.

철민은 도심의 밤풍경과 분위기에 대해서는 쉽게 공감할 수가 없다.

농익은 화려함은 그에게 왠지 어색하다. 그런 것은 근본적으로 그와 맞지 않거나, 혹은 무관하다는 느낌이다.

사거리 횡단보도의 파란불이 깜박이고 있다. 마치 얼른 뛰어 건너라고 재촉하는 듯하다.

그러나 철민은 오히려 걸음을 늦춘다.

그 횡단보도야말로 그가 마지막 갈등을 해야만 하는 마지노선으로 설정해 둔 지점이다.

끝내 건너지 않는다면 이대로 집으로 돌아가는 것이고,

만약 건넌다면 어쩔 수 없이 끝까지 가야만 하는!

사람들이 하나둘 모여들고 있다. 횡단보도를 건너려는 사람들이다.

사람들을 보며 철민은 슬며시 미소를 떠올려 본다.

냉소적이기도 하고, 은근히 즐기는 심정이기도 하다.

그를 제외한 다른 이들은, 자신들의 앞에 그어져 있는 마지노선을 건너야만 하는 사람이다.

그러나 그는 꼭 그래야만 한다는 절박함으로부터 자유롭다. 그런 데서 오는 상대적인 여유랄까?

철민은 문득 보았다. 몇 걸음쯤 옆에 와서 서는 그녀를.

그녀는 옛날과는 많이 변했다. 당연한 일이겠지만!

그래도 철민은 단박에 그녀를 알아볼 수 있었다. 몇 번 TV에 나오는 모습을 봤기 때문일까?

그렇게 낯설게 느껴지지도 않는다.

철민은 가만히 눈매를 좁힌다.

낮은 굽의 검은색 구두에 검은색 바지, 흰색 블라우스 위에 걸친 밤색 재킷!

그다지 멋을 부린 것 없이 그저 수수한, 사무직으로 일하는 여성들의 흔한 차림이다.

그럼에도 그녀의 늘씬하면서도, 그러나 요즘의 대세라는

말라깽이 타입은 아닌 글래머형에 가까운 실루엣은 사뭇 돋보인다.

그녀는 TV에 나오던 모습보다 훨씬 더 아름답다. 그리고 14년 전 그때처럼 여전히 빛나는 듯하다.

그녀는 그의 초등학교 동창이다.

그중에서도 그의 기억 속에 남아 있는 몇몇 얼굴 중 하나다. 다시 그중에서도 가장 뚜렷하게 남아 있는 존재이기도 하고!

철민은 그녀에게 계속 시선을 고정시켜 놓지는 못했다. 혹시 그녀가 눈치라도 챌까 봐. 한편으로는 '그럼 뭐 어때서?' 하는 마음이면서도.

마지노선을 넘다

"야! 황유나!"

남자의 굵은 목소리가 그녀, 황유나를 부른다.

철민은 반사적이다시피 고개를 돌려 목소리의 주인공을 확인한다.

건장한, 아니 단순히 건장하다는 말로는 크게 부족한 떡 벌어진 어깨에다 우람하게 두드러진 가슴, 웬만한 여자 다리통만 한 팔뚝과 허리통만 한 허벅지, 그런 탓에 상대적으로 작기만 한 얼굴이 사뭇 신기하게 보이는, 마치 방송이나 잡지 화보로만 보던 프로 보디빌더가 눈앞으로 툭 튀어나온 듯한 '근육남' 하나가 환하게 웃는 얼굴로 마지노선 앞의 대기자 대열에 합류하고 있다.

"누구……?"

황유나는 근육남을 언뜻 알아보지 못하는 기색이다.

근육남이 어깨를 으쓱여 보이고는 조금은 과장된 걸음으로 성큼 황유나에게 다가선다.

순간 역삼각형을 이룬 그의 상체 근육들이 울퉁불퉁 도드라진다.

근육들을 겨우 감싸고 있는 옷이 금방이라도 터질 듯이 위태로워 보인다.

"나야, 나! 강동석!"

"강동석……?"

황유나가 기억을 되살리려는 듯 반문한다.

그리고 다시금 근육남의 얼굴을 유심히 뜯어보더니, 이내 반색한다.

"어머… 그래, 강동석!"

"반갑다! 이게 도대체 얼마 만이냐?"

"그래! 반갑다! 너… 진짜 많이 변했다, 몰라보겠다, 얘?"

"그래? 너도 훨씬 더 예뻐졌는데, 뭘?"

"어머, 얘는? 난 본래부터 예뻤잖니?"

"하하하! 맞아! 그랬지!"

"호호호!"

두 사람이 쾌활하게 웃으며 얘기를 주고받자, 주변에 있던 사람들의 시선이 두 사람에게로 모여든다.

하긴 안 그래도 사람들의 시선을 끌 만했다. 프로 보디빌더처럼 우람한 근육질의 청년과 탤런트 뺨치는 몸매와 미모를 지닌 아가씨!

그러나 막상 두 사람은 주변의 시선에는 아랑곳없이 얘기에만 열중해 있는 모습이다.

그런 시선쯤에는 익숙한 듯이! 어쩌면 그들은 우월한(?) 자신들에게로 모이는 주변의 시선을 즐기고 있는지도 모르겠다.

이윽고 보행 신호등이 파란색으로 바뀌었다. 앞을 다투듯이 사람들이 우르르 횡단보도로 내려선다.

황유나와 강동석 또한 주변에 휩쓸리듯이 횡단보도로 들어선다. 그런 와중에도 두 사람은 웃으며 계속 얘기를 이어가고 있다.

철민은 혼자 뒤에 처져 서 있다가, 저도 모르게 불쑥 한 걸음을 내딛고 만다. 마지노선을 넘고 만 것이다. 그럼으로

써 그것은 더 이상 마지노선이 아니게 되었다. 그냥 횡단보도일 뿐이다.

그는 새로운 마지노선을 긋는다.

건너편의 횡단보도가 끝나는 지점! 딴마음이 있는 건 아니다. 그저 조금만 더 황유나의 모습을 보고 싶다. 가장 선명하게 그녀를 담고 있던 그의 기억에 대한 약간쯤의 위로와 보상으로.

그는 두 사람을 따라잡아 2미터쯤 뒤를 걷는다. 그들의 수다가 들렸다. 옛날얘기들이다.

선생님 얘기, 동창들 소식 등등. 그에겐 낯선 얘기들일 뿐이다. 심지어 그는 강동석에 대한 기억조차 아직 되살리지 못하고 있다.

다만 황유나에 대한 기억은, 하나둘 추가적으로 재생되고 있는 중이다.

그는 이윽고 멈추어 선다. 새로 정한 마지노선에 당도한 것이다.

더 이상은 그 두 사람을 따라가지 않을 작정이다. 여기까지로 충분하다고 스스로를 다잡았다. 그러나 그는, 쉽게 돌아서지 못한다.

두 사람은 여전히 웃고 떠들며 걷고 있다.

그는 눈으로만 둘을 좇는다.

5미터!

10미터!

두 사람이 점점 멀어지고 있다.

그는 언뜻 진한 소외감 같은 것에 젖어든다. 문득 마음이 시린 듯하다.

보행 신호등이 다시 파란색으로 바뀌고 있다.

그는 이윽고, 정말로 돌아가기 위해 몸을 돌린다.

온몸이 뻑뻑하니 말을 잘 듣지 않는 것만 같다. 괜한 감정의 소비다.

변덕

"아~ 악!"

날카로운 비명이 터져 나왔다. 그리고 비명은 다시 잇달았다.

한 사람이 아니라 여럿이 동시이다시피 내지르는 다급한 비명이다.

철민은 반사적으로 몸을 돌린다.

뒤쪽 저편 인도에서 난데없는 아수라장이 벌어지고 있다.

사람들이 비명을 지르며 우르르 사방으로 흩어져 필사적으로 도망을 치고 있다.

검은색 가죽점퍼를 입은 사내 하나가 이리저리로 사람들을 몰고 다니는 중이다. 사내는 칼을 들고 있었고, 특정한 목표도 없이 근처에 있는 사람들을 향해 마구잡이로 칼을 휘둘러대고 있다.

순간 철민은 반쯤 건너던 횡단보도를 되돌아 뛰기 시작한다.

'저곳에 그녀, 황유나가 있을지도 모른다!'

오로지 그 생각뿐이다.

철민은 거친 숨을 몰아쉰다. 가죽점퍼 사내가 바로 10미터쯤 앞에 있다.

사내는 30대쯤으로 보인다. 만약 지금 사람들을 쫓아다니며 마구잡이로 칼을 휘둘러대는 모습이 아니라면, 그저 평범하게 보였을 법도 한 인상이다.

가죽점퍼 사내의 시선이 언뜻 이쪽을 향한다.

순간 철민은 그대로 얼어붙고 만다.

무심하여 오히려 소름이 쫙 끼치는 눈빛이다. 사내의 손에 들린 칼이 섬뜩한 살기를 뿌리고 있다.

횟집에서나 쓰일 법한 날렵한 형태에다 서슬 퍼런 날을 지닌 칼이다.

다리가 덜덜 떨린다. 두 다리에 잔뜩 힘을 주고 나서야,

철민은 겨우 뒤로 한 걸음을 물러날 수 있었다.

그가 무작정 달려온 것은, 오로지 황유나 때문이다.

근처에 황유나의 모습이 보이지 않는 이상, 그가 무모해야 할 이유란 조금도 없다. 그럴 용기 또한 도저히 없는 것이고.

철민이 주춤거리며 물러나자, 가죽점퍼 사내의 시선은 곧장 다른 쪽으로 돌아간다.

3명의 여자가 한데 몰려 있는 곳이다. 사내가 곧장 여자들 쪽으로 내달린다.

"꺄~ 아악!"

날카로운 비명을 지르며 여자들이 혼비백산하여 달아난다. 그러나 그 와중에 40대쯤의 중년 여자 하나가 미끄러지며 바닥에 넘어지고 만다.

가죽점퍼 사내가 곧장 넘어진 여자에게로 다가들었고, 여자의 얼굴을 향해 칼을 겨눈다.

그대로 내리그을 기세다.

비명도 지르지 못한 채, 여자의 얼굴이 새파랗게 질려간다.

누군가 재빨리 가죽점퍼 사내의 뒤로 다가들며 세찬 발길질로 사내의 등을 찼다. 가죽점퍼 사내가 칼을 든 채 옆으로 나동그라졌다.

그 틈에 넘어져 있던 여자는 바닥을 기다시피 하며 도망칠 수 있었다.

위기의 순간에 여자를 구한 사람은 노타이에 정장 차림인 초로의 신사다. 아마도 머지않은 곳에서 틈을 노리고 있었던 모양이다.

가죽점퍼 사내가 벌떡 몸을 일으켜 세운다. 그리고 곧장 신사를 향해 칼을 겨누며 다가든다.

신사는 황급히 뒤로 물러난다. 그리고 다급하게 주변을 둘러본다. 도움을 청하는 것이리라. 나아가 함께 흉악한 범죄자를 제압하자는 호소이리라.

그러나 아무도 호응하지 않는다. 기껏 멀리 떨어진 곳에서 몇몇이 휴대폰으로 신고를 하는 듯했다.

신사도 감히 더는 어떻게 해볼 엄두를 내보지 못하겠던지, 재빨리 뛰어서 도망을 친다.

가죽점퍼 사내는 굳이 신사를 뒤쫓지 않는다. 무표정한 얼굴로 주위를 돌아보며, 다시금 다른 목표를 찾는 모양이다. 그리고 사내는 이내 새로운 목표물을 정한 듯이 곧바로 뛰기 시작한다.

가죽점퍼 사내의 목표가 된 것은 이번에도 역시 여자다. 그런데 30대 초반쯤으로 보이는 그 여자는, 헐렁한 옷차림에도 복부의 불룩한 윤곽이 사뭇 도드라져 보인다. 임산부다. 공포에 질린 임산부는 아예 도망칠 엄두조차 내지 못하고, 털썩 그 자리에 주저앉고 만다.

이번에는 누구도 임산부를 구하려고 나서는 이가 없다. 모두가 비정한 방관자일 뿐이다.

철민 또한 방관자들 중 하나다. 임산부에 대한 걱정까지는 감히 엄두를 내지 못한다. 그러나 죄책감 따위를 생각할 여유 같은 건 없다. 흉포한 범죄자가 사람들에게 무차별적으로 칼을 휘두르고 있는 상황이다. 당장 칼에 찔려 죽을 수도 있는데, 내 몸부터 사린다고 해서 그게 죄를 짓는다거나 비겁하다는 비난을 받을 일은 아니지 않은가? 정의롭지 못하다고? 그러나 그는 무슨 존경받는 위인도 아니고, 영웅은 더더욱 아닌 것이다. 정의에 목숨을 거는 것은 영웅들의 몫일 것이다. 영화나 소설의 주인공들처럼 말이다.

갑자기 젊은 여자 하나가 뛰어온다 그러고는 임산부의 앞을 가로막고 선다.

돌발적인 상황에 가죽점퍼 사내는 일시 주춤하는 듯 보인다. 그러나 사내는 이내 젊은 여자에게로 칼을 겨눈다.

"오지 마! 이 미친놈아!"

젊은 여자가 핸드백을 휘두르며 비명을 지르듯이 외친다.

"안 돼! 유나야! 빨리 피해!"

뒤쪽에서 누군가 다급하게 외친다.

그제야 철민은 그 젊은 여자가 누구인지를 확인한다. 아아! 황유나다. 그는 철저히 방관자였기에, 전적으로 피동적인 입장에 서 있었기에 미처 그녀를 알아보지 못한 것이다.

황유나에게 소리친 사람은 강동석이다. 그는 잔뜩 긴장한 채 한 발 한 발 조심스럽게 다가서고 있다.

가죽점퍼 사내가 다시 강동석을 향해 칼을 겨눈다. 그런 사내의 얼굴은 여전히 무표정한 와중에, 눈빛만이 광기로 번들거린다. 사내가 성큼 걸음을 좁혀들며 허공에다 거칠게 칼을 그어댄다.

강동석이 기겁하며 펄쩍 뒤로 물러선다. 그러고는 다시 잰걸음으로 대여섯 걸음이나 더 물러난다.

사내는 굳이 강동석을 쫓진 않고, 허공에다 몇 번의 칼질을 더 해 보인다. 그런 다음 다시 황유나를 향해 다가든다.

"피해! 황유나! 도망쳐~!"

강동석이 다급하게 외친다. 그러나 그는 막상 어떻게 사내를 제지해 보려는 엄두까지는 내지 못한다.

황유나는 차라리 초연해 보인다. 마치 강력한 무기라도 되는 듯 핸드백을 움켜잡은 채로 사내와 끝까지 맞설 태세다.

이윽고 사내의 칼이 황유나를 향해 찔러들고 있다.

철민은 용수철처럼 앞으로 튀어나간다.

그 순간 그에게는 어떤 판단도, 계산도 없었다. 머릿속은 차라리 백지처럼 하얗다. 심장은 이제 막 100미터 달리기를 끝냈을 때처럼, 사정없이 고동친다. 온몸의 혈관에서 핏줄기기 세차게 도는 소리가 '쇄액!' '쇄액!' 하고 쟁쟁하게 귀를 울리는 것만 같다.

그리고 다음 순간, 문득 사방의 모든 것이 천천히 흘러가기 시작한다. 가죽점퍼 사내의 눈동자가 느릿하게 움직이는 것이 보인다. 그런 와중에 상대적으로 빠르게 사내와의 거리가 좁혀지고 있다. 사내가 그의 옆구리 어림을 겨냥하고 칼을 찔러 온다. 역시 느리다. 생생하도록 거친 숨결과 소름 돋는 눈빛마저도!

철민은 급한 대로 왼손으로 사내의 칼을 잡으며 오른 주먹을 날린다.

퍽!

남자의 관자놀이에 그의 한 방이 정확하게 틀어박히는 느낌이 온다.

곧바로 이어지는 아찔함!

'핑!' 하고 돌아가는 어지러움에 철민은 겨우 버티고 서 있을 수밖에 없다. 그리고 잠시간의 시간이 지나고 나서야 그는 겨우 어지러움을 추스른다.

어느 틈에 달려왔는지, 강동석이 쓰러진 사내의 등 위로 올라타 앉아서는 사내의 두 팔을 뒤로 꺾어 놓고 있다. 그 모습은 마치 커다란 바윗돌이 사내를 짓누르고 있는 것 같다.

사내는 반항은커녕, 전혀 움직임이 없다. 이미 의식을 잃은 듯이 보인다.

철민은 움찔 어깨를 움츠리고 만다.

황유나가 그를 보고 있는 중이다.

그러나 그녀는 막상 그를 알아보지는 못하는 듯하다.

그도 굳이 자신이 누구라고 알려서, 감당하기 어려운 어색함을 자초할 생각은 조금도 없다.

그는 곧장 몸을 돌려서 그 자리를 벗어난다.

"여보세요! 잠깐만요!"

뒤에서 그녀가 소리친다. 그를 부르는 것일 텐데, 그 목소리에 당혹스러운 느낌이 녹아 있다.

철민은 돌아보지 않고, 더욱 걸음을 빨리한다.

한참이나 멀어지고 난 다음에야 슬쩍 뒤를 돌아보았더니, 황유나는 휴대폰으로 통화를 하고 있었다. 아마도 어딘가로 전화해 방금까지의 상황을 설명하는 모양이다.

철민은 다시 걷는다.

그리고 이윽고 그녀에게서 완전히 멀어진다.

철민은 문득 손바닥이 따끔거리고 쓰라린 통증을 느꼈다.

손바닥을 펴 보았더니 길게 베인 상처에서 제법 짙게 피가 배어 나오고 있다.

아까 사내의 칼을 잡았을 때 베인 모양이다.

그렇게 깊은 상처는 아닌 것 같았지만, 그래도 혹시 덧날까 봐 걱정은 된다.

병원으로 갈 것까지는 아니어서, 철민은 근처의 약국으로 들어간다.

약사는 희끗희끗한 머리에 온화한 인상의 할머니였는데, 친절하게도 직접 치료를 해준다.

상처 부위를 소독하고, 열상을 치료한다는 하얀 가루약을 뿌리고, 그런 다음에 붕대를 감고, 마지막으로 반창고를 붙이고……

꼼꼼하게 치료가 마무리되는 동안 철민은 문득 마음이 바뀐다. 동창회에 가보는 쪽으로.

왜냐고?

특별한 이유는 없다.

그냥… 변덕이다.

그리고 그가 그만한 변덕쯤 부리지 못할 이유는 특별히 없었다.

퀸

그 카페는 그리 멀지 않은 곳에 있었다. 건물 바깥에 꽤나 큰 간판이 걸려 있었기에, 찾기에 그다지 어렵지도 않았다.

엘리베이터에서 내리자 바로 보이는 카페의 출입문 위에는 동창회 모임을 축하하는 플래카드가 걸려 있다. 그런 걸로 보아 카페를 통째로 빌린 모양이다.

안으로 들어서자 다시 몇 미터쯤의 복도가 이어진다.

복도가 끝나는 무렵에 작은 테이블 하나가 놓여 있었는데, 그 위에 제법 두툼해 보이는 책자 하나가 펼쳐져 있다. 그리고 책자의 펼쳐진 장에는 몇 개의 이름과 간단한 글귀들이 채워져 있다. 방명록쯤 되는 것이리라!

철민은 잠시 책자를 넘기며 쓰인 이름들을 대강 훑어본다. 그러나 선뜻 기억나는 이름은 없다.

그도 무언가를 남기긴 해야 할 것 같아서, '김철민' 세 글자에다, '반갑다' 세 글자를 보탠다.

카페 안의 첫 느낌은 꽤나 고급스러웠다. 제법 넓어 보이는 홀에는 스무 개쯤의 테이블과 응접세트들이 배치되어 있고, 안쪽에는 피아노와 드럼, 그리고 기타 등이 놓인 아담한 무대가 갖춰져 있다.

손님들은, 10여 개의 테이블에 서너 명씩 소그룹을 이루며 앉아 있었는데, 대략 40여 명쯤 되는 것 같다.

철민은 잠깐 전체적으로 훑어본다. 혹시 익숙하다 싶은 얼굴이라도 있으면 거기로 가서 앉을 참이다. 그러나 어렴풋하게나마 기억나는 얼굴조차 없다는 데 대해, 그는 서글퍼지고 말았다. 14년 전의 무의미함 혹은 암울함이 유령처럼 스멀거리며 떠오르는 것 같기도 하다.

다소간 어두운 느낌의 실내조명 탓이리라! 조명에 익숙해지고 나면 그래도 몇 명쯤은 기억나는 얼굴들이 있지 않을까? 자위하며 그는 천천히 안쪽으로 걸어 들어간다.

사람들의 시선이 그에게로 모인다. 그러나 그들 또한 철민에 대한 기억을 쉽게 떠올리지는 못하는 모양으로, 아는 척을 하거나, 더욱이 자신들의 테이블에 기꺼이 한 자리를 내줄 의향 같은 것을 선뜻 보이는 이는 없다. 그런 다음에야 철민이 아무 테이블에나 슬쩍 합류할 만큼 사교적이거나 비위가 좋지는 못했으므로, 계속해서 안쪽으로 걸어 들어가는 수밖에 없었다.

이윽고 빈 테이블이 하나 나왔으므로, 철민은 의자 위로 슬쩍 엉덩이를 밀어 넣는다.

그가 혼자 앉은 테이블은 창가 반대편의 가장 구석진 곳이었기에, 다른 곳에 비해 조금 더 어둡다. 그리고 그 덕분에 그는 한결 안정된 기분으로 홀의 전반을 찬찬히 둘러볼 수 있었다.

황유나는 아직 오지 않은 모양이다.

강동석의 모습은 보이는데, 그는 창가 쪽의 큰 테이블에 앉아 있다. 그의 주변으로는 지금 대여섯 명이나 모여 있는데, 대부분이 여자였다.

강동석은 사뭇 신이 난 듯한 모습으로 좌중의 화제를 주도하고 있다. 아마도 좀 전에 겪었던 무용담을 풀어내기라도 하고 있는 모양이었다. 연신 손짓과 몸짓을 섞어 내는 중에, 은은한 실내조명 아래라서 그런지 그의 근육들이 더욱 우람하게 두드러지고 있다. 야단스럽게 터뜨려내곤 하는 여자들의 환호는 아마도 그의 얘기 때문이 아니라, 그의 근육 때문인 것 같기도 하다.

짝짝짝!

"우우~!"

문득 박수 소리와 가벼운 환호가 인다.

누군가 무대 위로 올라서고 있다.

철민으로서야 누군지 알 도리가 없는데, 테이블 중에서 누군가 외친다.

"전교 회장 포스 아직 쌓아 있네~!"

역시 기억에는 없지만, 전교 회장을 했던 친구인 모양이다. 전(前) 전교 회장?

전교 회장은 간단한 인사말 끝에 이번 첫 동창회 모임을 위해 여러모로 수고해 준 사람들을 소개한다.

먼저 4명의 임시 총무단이 소개되었고, 이어 아주 특별한 공로자 한 사람이 더 소개된다. 바로 이 카페의 사장으로 윤수원이라는 친구라는데, 통 크게도 동창회를 위해 오늘 카페의 저녁 영업을 아예 접었다고 한다. 게다가 소요되는 술과 안주, 그리고 음료에 대해서는 이윤을 배제한 원가로 정산하기로 했다는 소리에, 여기저기서 환호와 박수 소리가 터져 나온다.

카페의 입구 쪽에 서 있던 누군가가 가볍게 손을 들어 답례한다. 희고 갸름한 얼굴에 귀공자풍이 나는 그가 바로 윤수원인 모양이다.

박수와 환호가 다시 이어지자 전교 회장은 그것이 마치 자신에게로 향한 것이라도 되는 듯 손을 들어 장내를 조용히 시킨 다음, 다시 말을 이어간다.

'이렇게 여러 사람이 고생했음에도 불구하고 오늘 고작 40여 명밖에 오지 않았다는 데 대해서는 실망스럽고, 섭섭하다! 그러나 오늘이 시작이니만큼 다음 모임에는 보다 많은 동창들이 참석해서 성대한 동창회가 되도록 해보자!'는 등등으로 전교 회장의 말이 길어지고 있다.

그럴 즈음 누군가 외친다.

"어이, 전교 회장! 연설 연습 많이 했네! 다음번 국회의원 선거에 나가도 되겠다!"

잠깐 좌중에 웃음이 번진다.

전교 회장은 이어 참석자들의 소개에 들어간다. 방명록에 적힌 이름을 부르면 각자 일어서서 간단히 인사말을 하는 형식이다.

이름이 호명되었고, 자리에서 일어선 이들이 무선마이크를 잡고 돌아가며 한마디씩을 한다.

처음에는 모두가 환영하는 분위기였고, 재치 섞인 말에 대해서는 사뭇 열띤 호응을 보내기도 한다. 그러나 대략 열 명쯤이 넘어가자 그 말이 그 말처럼 되풀이되며, 지루한 분위기로 되어버리는 감이 있다. 그리하여 점점 간단하게 6학년 때의 반과 이름 정도만 말하였고, 좌중 또한 다분히 형식적인 느낌의 박수를 친다.

그런 중에 철민은 처음으로 한 사람에 대한 기억을 되살리고 있었다.

윤수원과 같은 테이블에 앉아 있는 그 녀석은 거의 유일하게 검은색 정장 차림이다. 다만 노타이에, 하얀 와이셔츠의 깃을 세우고 단추는 세 개정도 풀어서 맨살의 가슴팍이 살짝 보이도록 해놓은 데다, 머리를 무스로 잔뜩 힘을 준 모습에서는 설핏 불량스러운 느낌마저 든다. 그러나 단순히 불량스럽다기보다는, 무언지 모를 포스 같은 것을 풍기는 데가 있다. 어둠의 포스랄까? 흐흐흐!

윤수원이 카페의 주인답게 수시로 여기저기 테이블을 돌아다닌다.

그 덕에 '포스'를 풍기는 그 녀석은 테이블 하나를 독차지하고서, 주변과는 아무런 상관도 없다는 듯이 저 혼자 기분을 내며 느긋하게 술잔을 기울였다.

그리고 이윽고 이름이 불린 모양으로, 그 녀석이 자리에서 일어난다. 훤칠한 키에 아주 미끈하게 잘 빠진 몸매다. 철민이 사뭇 흥미를 느꼈지만, 녀석은 자신의 이름 세 글자만 말하고 다시 앉아버린다. 심지어 철민은 제대로 듣지도 못했다.

뒤늦게 박수가 나온다. 앞서와 다를 바 없이 다분히 형식적인 느낌의 박수다. 그러나 철민은 문득, 그 박수들이 왠지 조심스럽다는 느낌을 받는다. 그리고 뒤이어 그는 기억 몇 가지를 불쑥 재생시켜 낼 수가 있었다. 녀석에 대한 것들이다.

철민은 녀석의 바로 다음으로 호명이 되었다. 그는 엉거주춤 일어선다.

"김철민입니다!"

쑥스러운 인사에 역시나 짧고 형식적인 박수가 나온다.

그때다. 녀석이 그를 향해 가볍게 손을 들어 보이고 있다.

"와아아~"

갑자기 요란한 환호가 터져 나온다.

마침 카페로 들어서고 있는 누군가를 향해서다.

바로 황유나다.

참석자들의 소개가 아직 몇 명쯤 남아 있는 것으로 보이지만, 전교 회장은 즉시로 순서를 멈추고 그녀에게로 초점을 맞춘다.

"여러분~! 퀸의 등장입니다~!"

전교 회장의 외침에 다시금 환호가 인다.

뒤이어 여자들로부터 나오는 것일 약간의 야유가 섞인다.

황유나는 사뭇 민망스럽다는 듯이 두 손을 내저으며 짐짓 재게 걸음을 옮긴다.

그녀가 지나치는 테이블마다 작은 소란이 인다.

황유나는 그런 존재다. 아니, 그런 존재였다. 방금 전교
회장이 외쳤던 것처럼 퀸의 포스를 지녔던, 여신과도 같이
눈부셨던 존재!

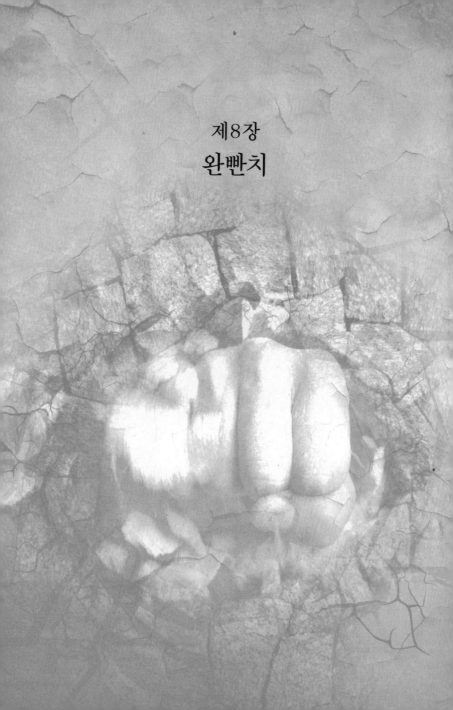

제8장
완빤치

반갑다, 얘!

황유나는 처음부터 목표라도 했던 듯 곧장 가장 안쪽의 구석진 곳으로 걸어온다. 하필이면 철민이 홀로 앉아 있는 테이블로!

"자리… 비었니?"

황유나가 가볍게 눈인사를 보내며 묻는다.

철민은 당황스러운 심정을 억누르며 고개를 끄덕인다.

"누구… 더라?"

철민의 맞은편으로 앉으며, 그녀가 기억하지 못해 미안하다는 표정으로 물어온다. 그녀는 정말로 알아보지 못하는 듯하다. 동창으로서도, 또 방금 전 거리에서 마주쳤던 모습으로도.

모자를 썼기 때문일까? 조금쯤 섭섭한 마음이 드는 것을 그는 그렇게 자위해 본다.

"나는… 김철민!"

"아… 김철민……!"

그렇게 받았지만, 그녀는 여전히 모호하다는 눈빛이다.

철민은 오히려 일말의 섭섭함마저도 던져버린다.

그녀로서는 '김철민'을 기억하지 못하는 게 당연하다. 그때의 그, 아니 '김철민'은 그런 아이였다. 조용하고 과묵했으며, 공부를 잘하지도 못하였고, 그렇다고 딱히 특기가 있는 것도 아니고, 그 또래들의 '계급'을 정하는 데 있어 가장 중요한 요소 중 하나였던 '싸움'에서도 거의 존재감이 없던 그런 아이였다. '김철민'은!

"반갑다, 얘!"

그녀가 불쑥 손을 내민다.

그 활달함에 철민은 멈칫 굳고 만다.

그녀는 짐짓 머쓱하다는 표정을 지어 보인다. 그러나 간단히 몸을 일으켜서는 그의 손을 잡는다. 그리고 몇 번 흔

드는 것으로 악수를 완성시킨다.

그런 그녀는 당당하다. 거침이 없다. 14년 전의 그때처럼!

남은 소개 순서가 마저 진행되는 동안 철민은 영 어색하고 불편했다. 황유나와 단둘이 한테이블에 앉아 있다는 것만으로도. 이윽고는 온몸이 배배 꼬이는 듯하다.

그러다 그는 문득 우스워진다. 그녀가 퀸이고 여신이었던 것은 14년 전, 어렸을 때의 일일 뿐이다.

이제 그는 그때의 그가 아니고, 그녀 또한 결코 그때의 그녀가 아닌 것이다.

그러나… 그럼에도 불구하고 왠지 자꾸만 움츠러드는 기분이 되는 것은 어찌해 볼 수가 없다.

이윽고 소개가 끝나고 자유 시간이 되었다.

곧장 술잔이 돈다. 남자 동창들은 술잔 혹은 술병을 든 채 테이블을 옮겨 다닌다. 그런 와중에 그들은 철민의 테이블, 아니 황유나의 테이블을 마치 성지순례라도 하듯 필수 코스로 들른다. 그리고 잠시 앉아서 몇 마디라도 나누고 나서야 다시 일어선다.

물론 그들이 얘기를 하고 싶어 하는 상대는 황유나였지만, 함께 있다는 덕분(?)에 철민에게도 말을 건다. 주로 철민의 이름을 물어본다.

철민도 그들의 이름을 물어본다. 그러나 서로를 제대로 기억하는 경우는 거의 없다. 그들도, 그도.

사실 그건 좀 이상한 일이다.

14년! 생각하기에 따라서는 그리 길지 않다고도 할 수 있는 14년이 지났을 뿐인데, 그리고 다른 동창들끼리는 서로 간에 공유되는 추억과 기억들이 끝없이 재생되고 있는 듯한데 유독 그 혼자만이 그러한 공유에서 차단이라도 된 것 같으니 말이다.

그러나 철민은 그들에 대해 딱히 궁금하지는 않다. 또한 확실하게 알아보고자 하는 의욕이 생기지도 않는다.

그냥 적당하다. 이런 정도로도, 이렇게 한 번쯤 봤다는 것만으로도 그가 군이 의미를 부여했던 숫자 '14'에 대한 보상은 이미 충족되었다는 생각이다. 그런 만큼 앞으로 그들을 다시 볼 일도 없을 것이다.

술기운에 불콰해진 몇몇 녀석은 철민을 제법 길게 붙잡기도 했다. 비록 황유나와 얘기해 볼 차례가 올 때까지 기다릴 겸 심심풀이로 저네들이 하고 싶은 얘기만 일방적으로 늘어놓는 식이었지만!

어쨌거나 덕분에 철민은 몇 가지 궁금했던 것들에 관해

서 주워들을 수가 있었다. 이를테면, 이 카페와 카페 사장인 윤수원에 대해서.

카페는 철민이 짐작했던 것보다 훨씬 더 대단한 모양이다. 시내 번화가에 위치한 데다, 때때로 유명 배우와 가수들도 들르곤 하는 명소(名所)급에 속한다고 한다. 규모도 보기보다 한층 더 크단다. 지금 보이는 홀 외에도, 안쪽에 따로 귀한 손님들을 위한 스페셜 룸이 여러 개 더 있다는 것이다.

정확한 건 아니지만, 이 카페의 매출이 웬만한 중소기업을 능가할 거라는 분석을 내놓는 녀석도 있다.

그런가 하면 또 어떤 녀석은, 막상 윤수원 본인이 대단한 건 아니란 사실을 은근히 흘리기도 한다. 윤수원의 집안이 주체하지 못할 만큼의 부를 가진 대단한 재력가일 뿐이고, 녀석이 백수로 빈둥거리며 노는 걸 보지 못해 뭐라도 해보라고 그의 부모가 이 카페를 덥석 안겨주었다는 것이다.

어이, 완빤치!

시간이 10시를 지나면서부터 동창들은 이런저런 사정들을 얘기하며, 혹은 간다는 소리도 없이 속속 카페를 빠져나간다.

11시쯤이 되자 카페에 남은 인원은 기껏 7명쯤에 불과하다.

남은 이들은 자연스럽게 황유나의 테이블로 모여든다.

철민은 황유나와 강동석, 그리고 윤수원을 제외한 나머지 3명의 이름을 다시 물어야만 했다. 미안함을 무릅쓰고!

3명 중 둘은 여자다. 이영주와 서희애!

그리고 철민이 마지막으로 그 검은색의 정장을 입었으며, 다소 불량스러워 보이면서도 뭔지 모를 포스 같은 것을 풍기는 데가 있는, 그리고 그가 자신을 소개할 때 손을 들어 보였던 그 녀석에게 이름을 물으려 할 때였다.

녀석이 싱긋이 웃으며 먼저 입을 연다.

"어이, 완빤치!"

그 소리는, 철민이 이미 녀석에 대한 기억 몇 가지를 재생시켜 놓은 바 있음에도, 다시 한꺼번에 많은 새로운 것들을 떠올리도록 만들었다.

완빤치!

딱 초등학생 수준의 허세가 잔뜩 실린 유치한 발음이다.

그러나 철민은 듣는 순간, 익숙한 느낌이었다.

그때, 초등학교 6학년 때, 저 녀석 '짱'이 만들었고, 또 처음으로 불러준 그의 별명이다.

완빤치!

그때, 그는 한동안 그게 무슨 뜻인지 몰랐다가, 한참이 지난 후에야 알게 되었다. 그게 아마도 원 펀치(One Punch)를 세게 혹은 일본말풍으로 발음한 것이고, 흔히 '완빤치 쓰리 강냉이!'라는 좀 더 긴 말로 쓰이기도 한다는 걸!

지금이야 어디 가서 생각 없이 그렇게 뱉었다가는 유치하다거나, 무식하다거나 하는 따위의 소리를 듣기 딱 좋을 일이지만, 당시 짱은 그게 원래부터 그런 발음이라고 여겼을 수도 있고, 혹은 그가 어울리는 소위 '노는 애들' 세계에서는 그렇게 발음하는 것이 '폼' 나는 것으로 통했을 수도 있을 것이다.

초등학교 5학년을 마치고 6학년에 올라가기 전 겨울방학에 철민은 서울로 전학을 했다. 아마도 중학교부터는 서울에서 학교를 보내야겠다고 엄마가 나름의 결심을 했던 것 같다.

서울 생활은 엄마에게 무척이나 힘겨웠다. 어린 철민이 보기에도 그랬다.

엄마는 아침 일찍부터 밤늦게까지 일을 했다. 반지하 단칸방의 월세를 내고, 두 모자가 먹고살기 위해!

엄마가 무슨 일을 하는지에 대해서 그는 잘 알지 못했

다. 그가 물으면 엄마는 그저 희미하게 웃으며 "그냥 이런저런…"이라거나 "많이 힘들지는 않으니까 걱정 마!" 하는 식의 대답을 할 뿐이었다.

나중에 커서 생각해 보니, 엄마가 과연 뭘 할 수 있었을까? 온갖 허드렛일을 했을 것이다. 닥치는 대로, 가리지 않고 무슨 일이든지!

그 역시도 서울 생활에 잘 적응하지 못했다. 동네 아이들과도 잘 어울리지 못했고, 6학년으로 전학 수속을 밟아 들어간 초등학교의 반 아이들과도 마찬가지였다. 어수룩하고 순진해 빠졌던 데다 사투리까지 심했던 그는 이내 외톨이에다 왕따가 되고 말았다.

그때부터 그는 본격적으로 '시거'에 빠져들었다. 아니, 시거만이 그의 유일한 탈출구이자 해방구였다.

시거로 외로움을 견디는 것은 몰라도, 그것만으로 아이들의 괴롭힘까지 막을 수는 없었다.

제법 잘나간다는 애들은 그를 괴롭히지 않았다. 오히려 고만고만한 애들, 그가 없었다면 대신 왕따가 되었을 법한 애들이 오히려 집요하도록 그를 괴롭혔다. 자주 맞기도 했다.

어느 날인가, 철민은 도저히 참지 못할 일을 당했다.

자신에 대한 괴롭힘이었다면 끝내 참았을 것이다. 참을 수밖에 없었을 것이다. 다른 때와 마찬가지로.

그러나 그때, 그 애는 엄마의 욕을 했다. 입에 담기 어려운 욕이었기에, 그는 처음으로 참을 수없는 분노를 느꼈다. 가슴이 터지는 듯했다.

그는 그 애에 맞서 분연히 일어섰다. 그를 아주 만만히 보았을 그 애는 곧장 주먹을 날렸다. 그런데 분노와 싸움은 달랐다. 그때까지 한 번도 주먹을 휘둘러보기는커녕, 감히 그런 생각조차도 해본 적 없던 그였다. 그가 멍하니 쳐다보고만 있는 와중 주먹은 곧장 그의 얼굴로 날아왔다.

그런데 그 순간, 참으로 이상한 현상이 벌어졌다.

그는 갑자기 멍해졌다. 마치 개울에서 수영하다가 양쪽 귀에 물이 들어가 꽉 막혔을 때와 비슷한 느낌이었다. 그러더니 날아오던 그 애의 주먹이 별안간 속도를 늦춰 아주 천천히 다가오는 것이었다. 마치 한순간 시간이 아주 잘게 조각조각으로 쪼개지는 것 같았다. 혹은 갑자기 눈앞의 광경이 슬로비디오로 전환된 것 같기도 했다.

그는 처음에 그 애가 놀리는 줄 알았다. 그러나 덕분에 그는 분노를 되새길 여유를 얻었고, 힘껏 주먹을 마주 내뻗었다. 그런데 그의 주먹도 느리게 움직이는 게 아닌가?

그는 크게 당황하였다. 그러나 이내 차분해질 수 있었다.

그와 그 애를 포함한 주변의 모든 것이 느리다는 것에서, 그는 오히려 차분하게 상황을 살펴보고 판단할 여유를 얻을 수 있었다.

느리게 뻗어져 오는 그 애의 주먹을 살짝 비껴 냈다. 동시에 그 애의 코를 정확하게 때렸다. 권투로 치면 크로스 카운터쯤 될 것이다.

그리고 다음 순간, 모든 것은 정상으로 돌아갔다. 느린 움직임에서 정상의 움직임으로!

그 애가 코를 감싸 쥐며 주저앉았다. 그런 그 애의 손바닥 틈새로 붉은빛이 비쳤다. 코피! 피를 확인한 그 애는 곧바로 울음을 터뜨렸다. 그걸로 싸움은 끝이었다.

주저앉은 채 훌쩍거리는 그 애를 내려다보며, 그는 잠깐 동안 꼼짝도 않고 서 있었다. 처음으로 해본 싸움에 의해 아직도 두방망이질 치는 가슴을 진정시키기 위해서는 아니었다. 승리를 거둔 데 대한 통쾌함을 만끽하기 위해서는 더더욱 아니었다. 다만 아찔한 현기증이 스쳐 지나가고 있기 때문이었다.

이상한 일이었다. 잠시간, 그저 멈칫하는 순간 일어난 그러한 현상들에 대해, 적어도 이상하다고는 생각했어야 할 일이었다.

그러나 그때 그는 이상하다는 생각을 하지 못했었다.

그것보다는 처음으로 주먹을 날린 것에 대한, 그리고 코피를 터뜨린 것에 대한 흥분에 가슴이 터지는 느낌일 뿐이었다. 도무지 정상으로 돌아오지 않는 심장 박동이 무섭고 걱정스러울 뿐이었다.

'이상함'에 대해 철민이 이상하다고 생각한 것은, 그 '이상함'을 두 번째로 겪게 되었을 때였다.

무슨 일로 그랬던가, 지금은 하얗게 기억에서 지워졌지만, 그가 짱에게 주먹을 날리는 사건이 벌어졌다. 돌이켜 봐도 무모하다 못해 어떻게 그럴 수 있었는지 참으로 신기하기까지 하다.

천만다행이랄까? 마침 그 '이상한 현상'이 다시 일어났다.

그는 여지없이 짱의 코피를 터뜨렸다. 그리고 녀석은 순간적으로 다리에 힘이 풀렸는지 휘청하며 그 자리에 주저앉고 말았다.

그러나 짱은 역시 짱이었다. 녀석은 곧바로 벌떡 일어서더니 손등으로 코피를 쓱 닦으며 그를 노려보았다.

그 순간 그는 심장이 터져버리는 줄 알았다. 그때 그가 할 수 있었던 거라곤, 후들거리는 다리에 필사적으로 힘을 주어 버티고 서 있는 것뿐이었다.

만약 그때 녀석이 그대로 치고 들어왔더라면 그로서는 어쩔 방법이 없었을 것이다. 안 그래도 그 '이상함'의 후유증으로 아찔한 현기증이 몰려오는 중이었으니 말이다.

그런데 그때 녀석은, 잔뜩 쫄아 있는 그를 향해 그저 씩 웃어 보였을 뿐이다. 그러고는 뒤돌아 뚜벅뚜벅 걸어가 버렸다.

이윽고 그는 다리에 힘이 풀려 그 자리에 풀썩 주저앉고 말았다.

그 와중에도 그가 절감한 게 한 가지 있었다. 싸움에서 코피를 내는 건 결코 끝이 아니란 걸! 그리고 나중에서야 알게 되었다. 코피를 내는 것보다는, 관자놀이를 치는 게 훨씬 더 확실하다는 걸!

그 후로 그는 꽤나 오랫동안이나 궁금했었다.

그때 그 녀석이 왜 그랬는지, 왜 반격을 하지 않고 그냥 씩 웃고만 가버렸는지?

그때 하필 녀석에게 무슨 문제가 생겼던 것일까? 이를테면, 갑자기 참을 수 없는 복통이 생겼고, 연이어 도저히 참기 어려운 설사가 밀려나오는? 그렇다고 체면상 그런 사정은 말하지도 못하고?

나중에 그는 이렇게 정리를 했었다. 아마도 녀석 나름대로 자존심을 세운 것이었으리라고! 녀석한테 감히 '선빵'을 날린 그를 오히려 대범하게 관용함으로써!

그리고 그때 녀석이 피 묻은 콧잔등을 찡그려 만들어내던 그 묘한 웃음은, 더욱더 오랫동안 그의 기억에 남았었다. 꽤나 멋졌던 모습으로!

터질 듯한 긴장과 두려움! 그리고 격렬한 반발과 흥분! 심장이 빠르게 뛰고, 온몸의 피가 세차게 돌고, 그러나 머리는 오히려 차가워지는 느낌! 그러다 어느 순간 마치 시간이 아주 잘게 쪼개지고 눈앞의 광경이 조각들로 재구성되며 슬로비디오와도 같이 느리게 흐르는 것처럼 보이는 이상하고도 묘한 현상!

철민은 그 일련의 이상한 현상을 '슬비'라고 이름 붙였다.

유치하게도 '슬로비디오'의 줄임말로 얼렁뚱땅 가져다 붙인 이름이었다. 사실은 처음에 '시간 쪼개기'를 줄여 '시쪼'라고 하려다가, 왠지 좀 유치하다는 느낌이 들어서 슬비라고 한 것이었다. 하긴 슬비라는 이름도 유치하기는 마찬가지였지만.

어쨌거나 그 뒤로도 짱은 그날 그의 선빵에 대해 어떤 앙갚음도 해오지 않았다. 오히려 가끔씩 마주칠 때면 "어이, 완빤치!" 하고 부르고는, 저 혼자 싱글거리며 지나가곤 했다.

그로서는 천만다행이라고 여겼던 순간들이지만, 한편으로는 엉뚱한 착각을 하기도 했다.

'내 주먹이 꽤나 센 모양이다. 내가 사실은 한 방이 있다는 걸 모르고 있었나 보다. 액션 만화의 주인공처럼 숨겨진 싸움 본능 같은 게 있는 모양이다.'

착각은 그에게 자신감을 주었다. 싸움을 굳이 피하지 않게 되었고, 싸움에 임해서는 두려움 속에서도 선빵을 날릴 수 있게 되었다. 그리고 단지 침착한 선빵만으로도 두어 번쯤 통하긴 했다.

그러나 착각이 주는 효과는 오래가지 못했다. 싸움이 싸움을 부른다고, 곧 싸움깨나 한다는 애하고 정식으로 붙게 되었다. 결과는 뻔했다. 미리 방비하고 있던 상대에게 선빵은 통하지 않았다.

그날 그는 제대로 코피가 터졌다. 그리고 자신감은 다시 사라졌다. 완전히! '숨겨진 싸움 본능' 따위 자신에게는 결코 있지 않다는 것을 확실하고도 절실하게 깨달았다.

이후로 그는 다시 싸움을 하지 않았다. 싸움할 생각조차 하지 못했다.

그렇게 이상한 현상 슬비는, 겨우 두 번밖에 일어나지 않은 해프닝! 그리고 엉뚱한 착각 내지는 우연이었던 것으로 되어버렸다.

그때 이후로도 철민은 본래대로의 '왕따 찌질이'로는 다시 돌아가지 않았다. 맞고 다닌 기억도 없다. 짱 덕분이었다.

"어이, 완빤치!"

문득문득 아는 체를 해준 짱 덕분에, 소위 좀 논다는 애들까지도 쉽게 자신을 건드리지 못하게 된 것 같았다.

짱의 후광(?)은 그에게 엉뚱한 욕구가 생기도록 만들기도 했다. 스스로 강해져 보고 싶은 욕구! 좀 더 구체적으로는 진짜로 완빤치가 되어 보고 싶은 욕구!

그때만 해도 TV에서 권투 경기를 많이 중계해 주었다. 파이터의 유형 중 맞으면서도 커다란 훅을 날리며 저돌적으로 파고드는 인파이터보다는, 시원한 스텝으로 상대와의 거리를 유지하면서 번개 같은 원투 스트레이트로 깨끗하게 상대를 눕혀버리는 아웃복서 유형에 필이 팍 꽂혔다. 역시나 그쪽이 완빤치에 더 잘 어울려 보였기 때문이다.

초등학교를 졸업하고 중학교를 들어가기 전, 3개월여 간의 긴 겨울방학이 시작되었을 때, 그는 엄마를 졸랐다. 권투 도장에 보내달라고!

생각하면 참 철이 없었다. 아니, 참 못됐었다. 그땐 어느 정도 철이 들었고, 모자가 밥 먹고 사는 것만으로도 엄마가 힘들다는 것을 대강 짐작하면서도 무작정 그런 떼를 썼으니 말이다.

엄마는, 언제나처럼 안 된다고 하기보다는 며칠의 시간을
둔 다음 다시 정말로 하고 싶은지를 물었다. 그리고 허락을
해주었다. 다만 공부가 우선이니 중학교 입학 전까지만 한
다는 조건을 달고서.

철민으로서는 당연히 오케이였다. 3개월이면 충분할 것
같았다. 강해지는 데는!

동네 근방에는 권투 도장이 없어서, 집에서 30분 정도나
걸어야 있는 작은 권투 도장에 등록을 했다.

"저 아웃복서 할래요! 원투 스트레이트부터 가르쳐 주세
요!"

그 첫마디에 어이없다는 듯 피식거리던 사범의 모습이 문
득 기억에 선하다.

알고 보니, 고대하던 원투 스트레이트는 한참 나중에야
접해 볼 수 있는 꽤나 고급에 속하는 스킬이었다.

무슨 준비 과정이 그렇게나 많던지, 스트레칭을 배우고
따라하는 데만 진이 다 빠졌던 것 같다. 목을 풀고, 어깨를
풀고, 허리를 풀고, 손목을 풀고, 발목을 풀고, 허벅지를 풀
고, 골반을 풀고, 옆구리를 풀고……. 그리고 윗몸일으키기,
팔굽혀펴기, 턱걸이……. 그리고 또 줄넘기……. 주먹 쥐는
법, 주먹에 밴드 감는 법……. 기본 스텝들, 샌드백이며 스피

드 볼 사용하는 법……. 그리고 나서야 잽……. 하여튼 시키는 대로 했다가는 원투 스트레이트는 도저히 배울 수 없을 것만 같았다.

그렇더라도 정말 하고 싶다고 그렇게 조르고, 이미 한 달치 회비를 선불로 냈으니 당장은 때려치우지도 못하고, 어쨌든 한 달은 채워보자는 심정으로 버텼던 것 같다. 그러다 조금씩 도장 분위기에 익숙해지면서부터, 성격 까칠하고 엄격했던 사범에게는 여전히 말을 하지 못했지만, 도장 선배들이 옆에서 하는 걸 슬쩍슬쩍 따라 해보기도 하고, 또 사범이 자리를 비웠을 때는 친한 선배에게 어설프게나마 지도를 받기도 하며, 나름으로 원투 스트레이트를 흉내 냈었다. 말 그대로 흉내였다. 그것이 제대로 된 원투 스트레이트라고는 말할 자신이 없는.

그렇게 3개월은 금방 지나갔고, 그는 중학교에 입학했다. 권투 도장은 당연히 그만두었다. 엄마와 약속한 대로.

엄마와의 약속이 아니더라도, 권투로 강해지는 게 결코 쉬운 게 아니라는 걸 충분히 깨달았다. 3개월 동안 그가 한 것은 그야말로 기초적인 것들에 불과했다. 그렇게 원했던 원투 스트레이트는 어쨌든 어설프게나마 흉내 정도는 내게 되었지만, 훅이니 어퍼컷이니 하는 좀 더 상위의 펀치 기술과 블로킹이며, 더킹과 위빙이니 하는 등등의 방어 기술들은 아예 접해 보지도 못했다. 그저 '복싱이란 이런 것이다!' 하고 살짝 맛본 셈이었다.

다만 그때 이후로도, 비록 정해놓고 규칙적으로 연습을 한 건 아니지만, 스트레스가 쌓일 때마다, 뭔가 잘 안 풀려 답답할 때마다, 힘들다고 느낄 때마다 혼자 허공에다 원투 스트레이트를 날리곤 했다.

완빤치라는 별명은 중학교를 거쳐 고등학교를 졸업할 때까지도 유야무야 철민을 따라다녔다.

물론 그 별명은 그와 근본적으로 어울리지 않았고, 어쩌다 불릴 때마다 부담스러웠다.

대학에 들어가고 나서야 철민은 그 별명에서 완전히 해방되었다.

그리고 다시 군대를 가고, 제대하고, 또 나름 치열하게 세상을 살면서 그런 유치한 별명 따위는 그의 기억에서조차 까맣게 사라져 버렸다.

어머, 얘! 네가 정말… 그때 그 완빤치니?

완빤치!

그 고유명사는 철민뿐만 아니라, 다른 이의 잊힌 기억도 불쑥 떠오르게 만든 모양이다.

"어머, 얘! 네가 정말… 그때 그 완빤치니?"

황유나다. 그녀가 불쑥 떠오른 기억에 놀란 듯이 묻고 있다.

황유나가 발음하는 완빤치는 그에게 사뭇 어색하다. 어쩌면 그녀가 그 고유명사를 기억하고 있다는 데 기인한 것인지도 모른다.

그가 당황스러움에 대답할 말을 찾지 못할 때다.

"얘는? 완빤치가 뭐니, 유치하게?"

이영주다. 황유나를 향한 그녀의 말은 슬쩍 핀잔조다.

"유치해? 뭐가? 그럼 완빤치를 완빤치라고 하지, 뭐라고 하니?"

황유나가 차분하게 반문한다. 그녀가 사뭇 정색해 조금 당혹스러웠는지, 이영주는 짐짓 과장스럽게 어깨를 으쓱해 보인 다음 말했다.

"넌 명색이 방송사 기자라는 애가 그런 말 막 써도 되는 거니? 완빤치 그거, 옛날 일본식 발음이잖아? 굳이 쓰자면 원 펀치? 아님 한 방? 뭐 그렇게 말해야 맞는 거 아니니?"

"훗! 얘는? 그냥 별명이잖아? 별명에다 대고 무슨 발음이 어쩌니 하고 따지니까 좀 웃긴다, 얘! 그렇게 따지자면, '따까리'는 뭐라고 해야 맞는 거니?"

"따까리?"

이영주가 설핏 의아해할 때 서희애가 슬쩍 끼어든다.

"전교 회장……!"

이영주가 그제야 기억이 난다는 듯 "아……!" 탄성처럼 뱉고는, 다시 "호호호!" 웃음을 터뜨린다.

황유나가 싱긋 웃으며 보탠다.

"그리고 '바야바'는 또 뭐라고 해야 맞으려나?"

순간 이영주가 움찔 당황스러운 기색을 보인다. 그때, 사뭇 흥미롭게 그녀들의 얘기를 듣고 있던 강동석이 제 이마를 '탁!' 치는 시늉으로 끼어든다.

"맞다! 바야바! 이영주! 네 별명이 바야바였잖아? 야! 바야바!"

"어머! 어머! 야~ 아! 이게 지금 누구 보고 바야바래?"

이영주가 발끈하며 주먹을 치켜든다.

"호호호! 너희들, 그러다 싸우겠다?"

서희애가 웃음으로써 둘을 말린다.

"그래, 이만하자! 진짜로 유치해지려고 그런다! 호호호!"

이영주도 장난이었다는 듯이 웃음으로 받는다.

황유나 역시 피식 웃는 것으로, 그 잠깐의 가벼운 말씨름은 마무리가 된다.

정말이야? 네가 나 때문에 짱과 싸웠다고?

"자! 이제 갈 놈들은 다 갔고, 남아야 할 사람들만 남은 것 같다! 사실 여기 남은 사람들이야말로 앞으로 우리 동창회를 이끌어 나갈, 그야말로 진골 성골의 정예 멤버라고 나는 생각한다! 그런 의미에서, 이제부터 내가 진짜로 한턱 쏜다! 자! 모두 자리를 옮기자!"

윤수원이 불콰해진 얼굴로 외친다. 크게 한번 배포를 부릴 모양이다.

그러자 황유나가 짐짓 곤란하다는 듯이 말한다.

"시간이 벌써 이렇게 되었네? 내일 출근도 해야 하고, 난 이쯤에서 그만 가볼게!"

윤수원은 대번에 펄쩍 뛰는 시늉이다.

"무슨 소리! 유나 네가 빠지면, 이 자리는 김샌 맥주 꼴이 되고 말지! 퀸 없이 우리끼리 뭔 재미로 노냐?"

이영주가 짐짓 발끈한다.

"어머, 어머! 쟤 좀 봐? 우리 앞에서 말하는 것 좀 봐?"

"얘! 틀린 말도 아니잖아? 유나가 가고 나면 우리 둘만 남는데, 우리 둘이서 남자애들 4명을 치다꺼리하기는 영 피곤하기만 할 것 같지 않냐?"

서희애가 웃으며 받는다. 그래 놓고는 진한 농담이라도 했다는 듯 "푸흐흐!" 하고 웃음을 터뜨린다.

이영주가 장단을 맞추어 "호호호!" 호들갑스럽게 웃어젖힌다.

"많이도 말고 딱 한 시간만 더 놀자! 한때 내 우상이었던 널 위해 내가 특별히 자리를 마련하겠다는데, 성의를 무시하고 그냥 가버리면 내가 얼마나 섭섭하겠냐?"

윤수원이 황유나를 향해 사정하듯이 말한다.

"야야! 수원이가 저렇게 사정을 하는데도 매정하게 뿌리치고 간다면 그건 동창으로서, 그리고 인간적으로도 예의가 아니지! 그러니까 내 말은… 일단 자리를 옮기자고! 그리고 딱 한 잔씩만, 아니 딱 두 잔씩만 더 마시고 헤어지지자는 거지! 콜? 오케바리?"

강동석이 맞장구를 친다.

둘이서 그렇게까지 하자 어쩔 수 없겠다는 듯 황유나가 쓴웃음을 짓고 만다.

윤수원이 얼른 일어나서 앞장을 섰고, 강동석이 양팔을 크게 벌려 여자들 셋을 몰아가듯이 하며 뒤를 따른다.

뒤에 남아 멀거니 바라보고 있자니 철민은 영 어색해졌다. 그에게는 누가 남으라고 말해주지도 않았거니와, 또 이대로 그냥 간다고 해도 굳이 잡을 사람도 없을 것 같지 않은가?

'이쯤에서 빠져 주자!'

그러는 것이 두루두루 좋겠다 싶어서, 그가 슬며시 자리
에서 일어설 때였다.

"어이, 완빤치! 슬쩍 새려는 건 아니지?"

화장실을 갔던지 잠시 사라졌던 짱이었다.

"아… 아니, 난 그냥……!"

철민은 괜히 죄라도 지은 양 변명조로 말한다.

"윤수원 이 새끼, 이쪽 계통에서는 제법 성공한 사업가
대접을 받는다고 하더라. 어디 얼마나 거나하게 한턱 쏘는
지, 우리도 한번 끼어 보자!"

그러면서 짱은 철민의 어깨에 '척!' 손을 걸친다.

그에 철민은 빠지겠다는 소리를 할 수는 없었다.

짱은 제 진짜 이름을 말하지 않았다. 뿐만 아니라 다른
애들도 이름 대신 익숙하게 짱이라고만 불렀기에, 철민은 여
전히 짱의 진짜 이름을 기억해 내지 못했다. 하긴 짱의 진
짜 이름을 기억해 낸다고 해도, 막상은 되레 낯설 것만 같
다.

한 스무 명쯤은 넉넉하게 놀 수 있겠다 싶을 정도로 크고
호화로운 룸이다. 미리 준비를 시켜 놓았던지 테이블에는

술병이며 안주들이 거창하게 세팅되어 있었다.

철민과 짱이 조금 늦게 룸으로 들어갔을 때는, 황유나를 중심으로 이영주와 서희애가 좌우로 앉고, 그 맞은편에 윤수원과 강동석이 앉아 있었으므로 짱과 철민은 그들로부터 조금 떨어져서 자리를 잡았다.

"오붓하라고 일부러 테이블 하나로 세팅하라고 했으니까… 자자! 이리로들 당겨 앉아!"

윤수원이 손짓하며 챙기는 것을, 짱이 조금은 시큰둥하게 받는다.

"우리 비주류들은 알아서 놀 테니까 신경 쓰지 말고, 그쪽 주류들끼리나 잘 노셔!"

짱이 그러면서도 슬쩍 몸을 기울여 양주 한 병과 잔 두 개, 그리고 과일 안주가 담긴 접시 하나를 철민과 자신의 앞쪽으로 당겨 놓는다. 그리고는 양주병의 뚜껑을 따고 자신과 철민의 잔에 술을 채운다.

"자! 한잔하자!"

짱이 잔을 들어 보이고는 단숨에 입속에 털어 넣는다. 그런 모습에서는 예전의 거침없던 모습이 언뜻 보이는 것 같기도 하다.

"뭐 해? 잔 비워!"

철민이 입술만 축이고 잔을 내려놓자, 짱이 슬쩍 인상을 써 보인다.

"나… 술 잘 못 마셔!"

"야! 그동안 뭐 했냐, 술도 안 배우고!"

"그게 아니라, 체질적으로 술하고는 잘 안 맞는 모양이
야."

짱과 철민이 주고받은 말은 그 정도가 다였다. 이후로 짱
은 혼자서 즐기듯이 술잔을 비우고, 스스로 채우고, 다시
비우기를 계속했다.

철민도 계속 멀뚱히 앉아 있기 어색하여 조금씩 홀짝거린
다는 게, 어느새 서너 잔쯤을 비웠다. 굳이 라벨을 확인해
보지는 않았지만, 홀짝거리는 한 모금에 혀끝에서부터 목구
멍까지가 화끈하게 달아오르는 것으로 보아, 양주의 도수가
꽤나 높은 것 같다.

황유나 쪽은 내내 활기가 돌고 있다. 연신 웃음소리가 터
져 나오고, 건배 소리도 자주 나온다.

그럼으로써 룸 안에는 정말로 주류와 비주류로 경계가
생겨버린 듯하다.

그나마 다행이라고 할까? 두 개의 부류 사이에 별다른 위
화감 같은 것은 형성되지 않았다. 주류는 주류답게 적극적
으로 즐기고 있고, 비주류는 비주류답게 소극적으로 각자
의 시간을 즐기고 있다고 할까?

주류들 쪽의 분위기가 거하게 익어가고 있다.

상대적인 느낌인지 짱의 분위기는 좀 더 가라앉는 것 같다.

그런 와중에 홀짝거린 술의 위력 때문인지, 철민도 은근하게 취기가 올라온다.

"어머~! 얘! 몸에다 도대체 무슨 짓을 한 거니?"

이영주의 목소리에서 취기가 흐드러진다.

강동석은 셔츠를 벗어버린다. 몸에 딱 달라붙는 하얀색의 쫄쫄이 스포츠 러닝이 조명 아래 유난히 돋보인다. 녀석이 힘을 주자 가슴근육이 춤을 추듯 불끈거린다.

"어머~!"

"어머~! 어머~!"

이영주와 서희애가 숫제 환호성을 질러댄다.

"그거 있잖아? 빨래판! 그거 한번 보여주라!"

서희애가 취기에 끈적이는 소리로 외친다.

"오케바리! 까짓거, 오늘 특별 무료 공연이다!"

강동석이 이윽고 러닝을 가슴 위까지 말아 올린다. 정말로 빨래판처럼 선명하게 골이 파인, 소위 식스팩이 그 선명한 윤곽을 드러낸다. 그 위쪽으로 잘 발달된 가슴근육이 퉁퉁거리며 우람하게 융기한다. 조명 아래 거대하고도 잘 다

듬어진 근육질의 동체가 꿈틀거렸고, 그럴 때마다,

"어머~!"

"어머머~!"

하는 호들갑스러운 탄성들이 장단을 맞추듯 터져 나온다.

"남자는 뭐다? 얼굴? 돈? NO! 남자는 뭐니 뭐니 해도 힘이야!"

강동석이 가슴근육을 강조하는 포즈를 잡고는, 마치 광고라도 찍듯이 대사를 친다.

"맞아! 맞아! 남자는 역시 힘이지!"

서희애가 엄지손가락을 들어 올린다.

잔뜩 고무된 듯 강동석은 아예 자리에서 일어선다. 그리고 그가 다시 다른 포즈를 잡으려 할 때였다.

"많이들 취했네!"

황유나가 웃는 얼굴로 말하며 자리에서 일어선다.

윤수원이 곧장 따라 일어서서 앞이라도 가로막을 듯이 하며 묻는다.

"어디 가게?"

"화장실에! 손 좀 씻으려고!"

"여기 안에도 화장실 있는데?"

"응! 바깥바람도 좀 쐬고!"

문 쪽으로 걸어 나가는 황유나의 걸음걸이가 꼿꼿하다.

철민은 저도 모르게 가만히 한숨을 내쉰다. '주류들' 쪽에는 관심을 두지 않는다고는 했지만, 그녀가 분위기에 편승하여 꽤 여러 잔의 양주를 비워 내는 걸 보면서 약간은 걱정을 했던 것이다. 그저 약간!

황유나가 나가고 나자, 룸 안의 분위기는 금세 가라앉는 것 같다. 물론 비주류 측의 분위기야 원래부터 그랬으니, 어디까지나 주류 측 분위기에 대한 얘기다.

강동석이 제 앞의 술을 한입에 툭 털어 넣는다. 그러고는 부족한 듯 맞은편 황유나의 잔까지 집어서는 잇달아 털어 넣는다.

"얘! 천천히 마셔!"

가벼운 걱정을 섞으며 서희애가 사과 조각을 찍어 강동석에게 내민다.

강동석이 입으로 받아먹고는, 잠시 꺾인 흥을 되살리려는 듯 다시 '광고 대사'를 친다.

"기술? 테크닉? NO! NO! 압도적 파워 앞에서는 그딴 거 다 필요 없어! 남자는 뭐다? 오로지 파워! 파워!"

그때 철민은 문득 가벼운 전율이 이는 것만 같다. 우연인지 강동석의 눈길이 잠깐 짱에게로 향했는데, 하필이면 짱

또한 흘깃 강동석을 흘겨보던 참이라 두 사람의 시선이 딱 마주치는 순간을 목격한 것이다.

둘은 잠시 시선을 마주친 것으로 끝내지 않았다. 그대로 기 싸움에라도 들어간 듯이 누구도 시선을 돌리지 않았다.

다른 애들은 취해서 아직 느끼지 못하고 있는 것 같지만, 철민은 느낄 수 있다. 분위기가 위태로운 쪽으로 가고 있다는 것을!

파국을 막기 위해 무엇이라도 해야 되겠다 싶은 차에, 마침 짱의 술잔이 빈 것이 보인다. 철민은 얼른 술병을 잡는다.

그러나 그때였다.

"니~ 미! 무슨 호스트바야, 뭐야?"

혼잣말인 듯이 짱이 나직하게 중얼거린다.

순간 룸의 분위기는 대번에 싸늘하게 식어든다.

"뭐? 너, 지금 뭐라고 했냐?"

강동석이 벌떡 일어선다. 그러고는 곧장 짱을 향해 큰 걸음으로 다가선다.

그런데 강동석이 짱과는 테이블을 두고 맞은편에 있었으므로, 그가 짱에게로 가는 길목에 철민이 놓여 있는 셈이었다. 아마 그렇지 않았더라면, 철민은 굳이 강동석을 말리지 않았을지도 모르겠다. 어느 정도 취기가 돌아서인지, 그들의 격돌에 대해 뭔지 모를 은근한 기대 같은 것이 불쑥 생겨나기도 하는 중이었기 때문이다.

"왜들 이래? 자자! 일단 앉자고! 앉아서 차분하게 말로 하자고!"

어쨌거나 철민이 일단은 강동석을 만류한다.

강동석은 슬쩍 기세를 누그러뜨리는 느낌이다. 그의 '압도적 파워'면 철민의 만류쯤이야 간단히 젖히고 갈 수도 있을텐데, 슬그머니 붙잡혀 주는 체하는 걸 보면 말이다.

"새끼… 많이 컸네?"

짱이 느릿하게 뱉는다. 그리고 철민에게서 술병을 낚아채서는 자신의 잔을 채우고, 다시 느긋하게 비워 낸다. 눈은 강동석에게로 고정시켜 놓은 채다. 그런 짱의 모습에 예전의 카리스마가 온전히 되살아나는 듯하다.

강동석은 멈칫하고 마는 기색이다. 철민의 기억으로, 예전 그때의 강동석은 소위 '잘나가던 애들' 중 하나였지만, 그럼으로써 당연히 짱의 아래였다.

"비켜, 새끼야!"

강동석이 버럭 소리를 지른 것은 철민을 향해서다.

제법 억센 힘이 들어간 뿌리침과 함께였기에, 철민이 자력, 타력으로 얼른 옆으로 비켜설 때였다.

"어이, 완빠치! 이리 온나! 그 새낀 혼자 놀라고 두고, 우린 술이나 마시자!"

짱이 술잔을 들어 보이며 철민을 부른다.

철민이 어정쩡해지고 마는데, 강동석이 와락 인상을 일그러뜨리며 뱉는다.

"놀고 있네! 완빤치는… 씨발!"

순간 철민은 크게 당황스러워졌다. 강동석이 짱이 아닌 그를 노려보고 있다는 데서! 그는 딱히 잘못한 것도 없는데 말이다. 그런데 그가 당황스러운 와중에 미처 아무런 반응을 하지 못한 게 강동석의 화를 더욱 돋운 모양이다.

"왜, 꼽냐? 꼬우면 그 잘난 완빤치 한번 날려 보시든가?"

건들거리며 뱉는 말에 이어 강동석이 피식 입꼬리에 웃음기를 단다.

철민은 문득 심장이 빨리 뛰기 시작하는 걸 느낀다. 몸속의 피가 세차게 도는 소리가 들리는 듯하다. 술기운 때문은 아니다. 오히려 머리가 차가워지는 걸 보면 말이다.

놀라고 겁먹은 와중에도 일말의 호기심과 흥미를 감추지 못하고 있는 서희애와 이영주! 그리고 감히 말릴 엄두조차 못 낸다는 듯이 두 손을 맞잡은 채 엉거주춤 서 있는 윤수원! 그들의 눈 깜빡임과 호흡, 그리고 표정의 변화가 천천히, 더욱 천천히 느려지고 있다.

"유치 짬뽕 같은 새끼! 아주 지랄을 까라!"

짱의 차가운 목소리다.

그 목소리가 철민을 중심으로 응축해 가던 시간의 찰나를 기묘한 느릿함으로 비집고 든다.

동시에 모든 것은 다시 원래대로 돌아간다.

"이 새끼가 진짜 보자 보자 하니까……? 야, 이 새끼야! 짱, 짱, 하고 불러주니까 네가 아직도 짱인 줄 아냐? 아직도 여기가 초등학교인 줄 아냐고, 이 또라이 같은 새끼야!"

이윽고 강동석이 폭발하고 만 듯이 거칠게 뱉는다.

"비싼 양주라고 양껏 빨더니, 새끼, 아주 눈에 뵈는 게 없지?"

짱이 느긋하게 자리에서 일어서며 받는다. 그리고 그는 천천히 테이블을 돌아 강동석에게로 향한다.

철민은 멀찍이 옆으로 비켜선다. 그가 말려 볼 여지는 더 이상 없다. 사실은 말리고 싶지도 않다. 처음부터 그와는 상관없는 싸움이다.

"그래, 와! 와 봐, 새끼야!"

강동석이 두 팔을 벌려 보이며 도발하는 제스처를 취한다.

짱의 눈빛이 번뜩하고 빛난다.

룸의 문이 거칠게 열어젖혀진 것은 바로 그때였다.

"니들 지금 뭐 하는 거니? 이런~! 야! 사내새끼들이 고작 술 몇 잔에 이렇게 추해져도 되는 거야?"

소프라노의 하이 톤이 '쨍!' 하고 룸의 공기를 휘저어 놓는다.

황유나다. 그녀는 허리에 양손을 걸쳐 놓고서 매서운 눈빛으로 강동석과 짱을 쏘아본다.

철민은 새삼스레 그녀를 재발견하는 기분이었다. 예전의 카리스마가 그대로인 건 짱보다 오히려 황유나다. 그녀의 날선 카리스마에 짱도 강동석도 아무 소리도 하지 못하고, 멋쩍은 듯 시선을 피하고 있다.

그 틈에 윤수원이 얼른 강동석의 손을 잡아 끈다.

"자자! 일단 열 좀 식히자!"

"왜 이래……? 놔 봐! 아~ 씨발, 이거 놓으라니까?"

강동석은 뿌리치는 시늉이면서도, 못 이기는 척 윤수원에게 이끌려 룸 밖으로 나간다.

다시 룸으로 돌아온 건 윤수원 혼자였다.

"동석이가 갑자기 일이 생겨서 먼저 간다네?"

윤수원이 자리에 앉지도 않고 선 채로 하는 소리다.

"네가 괜한 소리 늘어놓은 건 아니고?"

짱이 힐끗 흘겨보며 약간 빈정대는 투로 묻는다.

"에이! 내가 뭐 특별히 늘어놓을 거리가 있긴 하냐?"

윤수원이 슬쩍 얼버무리곤 다시,

"마시고들 있어라! 난 동석이 배웅 좀 하고 올게!"

하고는 짐짓 서둘러 룸을 나간다.

윤수원과 강동석이 빠지자 분위기는 영 썰렁하다. 게다가 윤수원마저 한참이 지나도록 돌아오지 않자, 이영주와 서희애가 이윽고 핸드백을 챙겨 자리에서 일어섰다.

"시간이 너무 늦었네! 우리도 이만 가봐야겠어!"

이영주가 황유나를 보며 말한다. 그러면서 한편으로 슬쩍 짱의 눈치를 살피며 그녀는 마치, 짱이 못 가게 잡기라도 할까 봐 두려워하는 듯한 빛을 비친다.

그 때문이었을까? 황유나 또한 핸드백을 챙겨 든다.

"그래, 정말 많이 늦었네! 나도 같이 가!"

원군이라도 얻은 듯 이영주와 서희애가 간단히 손짓으로 철민과 짱에게 작별 인사를 건네고는 재빨리 룸을 빠져나간다.

"얘, 김철민! 넌 안 갈 거니?"

곧장 뒤따라 문을 나서려던 황유나가 문득 뒤돌아보며 묻는다.

철민은 그것이 자신에 대한 황유나의 배려임을 느낄 수 있다. 짱과 단둘만 남게 될 처지의 자신을 구원해 주려는!

"어? 아… 나도 그만 가야지!"

철민이 못 이기는 척 엉거주춤 일어서려 할 때다.

"어이, 완빤치! 너는 한 잔만 더 하고 가라! 너하고 하고 싶은 얘기도 아직 좀 남았고 말이야!"

짱이 툭 던진다.

철민이 멈칫 서고 말 때였다.

"그만들 해라! 마실 만큼 마셨잖아? 그리고 오늘만 날이야? 할 얘기가 남았으면 다음에 또 하면 되지! 김철민! 빨랑 나와라! 지하철 끊긴다!"

황유나가 다시 그를 챙긴다. 그럼에도 철민이 엉거주춤하자, 황유나는 이윽고 걸음을 되돌려 철민에게로 온다. 아무래도 철민을 직접 데리고 가야겠다고 작정한 모양이다.

"어이, 황유나! 너 하고도 얽힌 얘기가 있는데, 혹시 궁금하지 않냐?"

짱이 배시시 실소하며 말한다. 그리고 그는 황유나의 관심 여부와는 무관하게 철민에게로 시선을 주며 곧바로 얘기를 이어간다.

"내가 누구한테 맞아 가지고 코피가 터져본 건 그때가 처음이자 마지막이었어. 너한테 선빵 맞았을 때 말이야!"

철민은 저도 모르게 쑥스러운 미소를 지어내다가는 얼른 지운다. 다행히 짱은 황유나에게로 시선을 옮기느라 그의 미소를 보지는 못한 것 같다.

"그때 내가 뭔 일로 황유나, 너하고 말다툼을 하고 있는 중이었지! 그런데 완빤치 저 녀석이 불쑥 끼어들더라고! 흐흐! 아마도 네 편을 들어주고 싶었던 모양이지?"

짱의 말에 황유나가 짐짓 두 눈을 크게 떠 보이며 철민에게 묻는다.

"정말이야? 네가 나 때문에 짱과 싸웠다고?"

순간 철민은 얼굴이 화끈 달아오른다. 사실 그는 당시의 상황에 대한 기억 자체가 뚜렷하지 않았다. 더욱이 황유나와 관련이 있었는지에 대해서는 정말로 기억이 나지 않는다. 한편으로 조금 서운한 마음도 들었다. 황유나가 그러한 상황에 대해 전혀 기억하지 못하는 것 같다는 데 대해!

철민은 슬그머니 눈길을 돌리고 만다. 조금쯤 묘하다는 표정으로 자신을 바라보고 있는 황유나의 눈길을 피해서!

"어이, 잠깐이라도 좀 앉아라! 네 키, 작은 편 아니거든? 올려다보고 말하려니까 목이 다 아프다!"

짱의 타박에 황유나가 슬쩍 인상을 찡그린다. 그러더니 그녀는 순순하게 철민의 옆으로 앉는다.

짱이 피식 웃고는, 다시 철민을 향해 말을 잇는다.

"그때 네 주먹이 제법 빠르긴 했지! 내가 방심한 것도 있었겠지만, 하여간 얼떨결에 한 방을 맞고 말았으니까 말이야! 뭐, 빠른 것치곤 펀치력은 별로였지만, 하여간 코피까지 터지고 나서 보니까 기분은 좀 묘하더라고! 쪽팔리는 건 있었지만, 또 그렇게 기분이 나쁘지는 않았어! 딱히 화가 나는 것도 아니었고! 처음이었거든. 때려만 봤지, 누구한테 맞아보는 건 말이야!"

그리고 짱은 뒷머리를 긁적이며 투덜거린다.

"제기랄! 할 얘기가 더 있었는데… 갑자기 생각이 안 나네!"

짱은 술잔 세 개를 나란히 늘어놓고 술을 채운다. 그리고 철민과 황유나에게 하나씩 건넨다.

"자! 어쨌거나 그때의 추억을 위해, 건배!"

짱이 단숨에 잔을 비운다.

황유나가 배시시 웃더니, 또한 단번에 잔을 비운다.

그런 다음에야 철민 또한 원샷을 하지 않을 수 없었다.

"하하하! 좋다! 자! 이제 그만들 나가자!"

짱이 선언하듯이 말한다. 그리고 그는 바지 주머니에 두 손을 찔러 넣은 채 건들거리며 앞장서서 룸을 나선다. 그런 그의 모습은 마치 자신이 만족스러워졌으니, 다른 사람들 기분이야 아랑곳할 것 없다는 식의 독불장군 같다.

황유나가 짱의 뒷모습에다 피식 실소를 날린다. 그러곤

철민의 소맷자락을 낚아챈다.

"애! 빨리 가자! 이러다 진짜로 막차 놓치겠다!"

순간 철민은 갑자기 취기가 확 올라오는 것만 같았다. 지금 이 순간, 그녀에게 잡힌 것이 소맷자락이 아니라, 그의 기억의 한 매듭인 것만 같다. 그 매듭이 온전히 풀리면, 그의 깊숙한 어딘가에 아직도 숨겨져 있는 예전의 기억 한 무더기가 또다시 와르르 쏟아져 나올 것만 같았다.

제9장
부자

당첨금 수령

부질없이 또 몇 개월이 훌쩍 지나갔다.

철민은 이윽고 마음을 굳혔다. 이젠 당첨금을 찾아야겠다고!

센세이션을 일으켰던 만큼 겨우 몇 달 만에 세상 사람들에게 잊힐 리는 없다. 그런 측면에서 몇 달 정도 더, 가능하면 당첨금 지급 기한인 일 년을 다 채우고 찾자고 숱하게 다짐해 왔었다. 그러나 그게 얼마 전부터는 괜스레 불안해

지기 시작하는 것이었다. 심지어는,

'과연 정말일까? 내가 1등에 당첨되었다는 게 과연 사실이긴 한가?'

하는 식의 엉뚱한 의심이 불쑥불쑥 생겨났다. 그런가 하면 또,

'혹시 이러다 깜빡해서 당첨금 지급 기한을 넘겨 버리는 건 아닐까?'

하는, 그야말로 쓸데없는 조바심까지 꼬리를 물듯 자꾸만 생겨나고 있었으니, 더 이상 미루고 참았다가는 '생병'에 걸리고 말지도 모를 일이었다.

우선 인터넷으로 당첨금 수령 방법에 관해 검색해 본다. 그야말로 별별 글들이 다 있다. 이를테면,

'당첨금을 찾으러 농협 본점에 갈 때는 정장을 입어라! 그렇게 농협 직원들 사이에 섞여 표시가 나지 않아야 안전하다!'

라는 식으로 그럴듯하게 조언하는 얘기가 있는가 하면,

'당첨금 수령 후 밖으로 나설 때는 "축하합니다!" 하며 접근하는 사람을 조심해라! 한몫 떼어 달라는 이들이다. 얼떨결에 "감사합니다!" 답했다가는 자칫 피곤해질 수 있다!'

라며 피식 실소를 자아내는 웃긴 얘기도 있다.

그러나 그 별별 글들 중 실제의 당첨자가 쓴 글은 없는

것 같았다.

아침 10시 반.

철민은 농협 중앙회 본점으로 들어선다. 그는 긴장한 티를 내지 않으려고 애쓰면서, 곧장 안내 데스크로 간다.

"로또 당첨금을 받으러 왔습니다!"

철민이 나직하게 말하자 데스크 직원은 두말없이 보안 요원을 불러준다.

보안 요원은 철민을 곧장 엘리베이터로 안내한다.

엘리베이터에서 내려서는 응접실 같은 곳으로 안내되었는데, 그곳은 두 명의 남자 직원과 응접세트, 그리고 책상 몇 개가 전부여서, 철민이 수없이 상상해 보았던 것에 비해서는 훨씬 단출하고 소박하기까지 했다.

철민은 재킷 안주머니의 단단히 채워 놓았던 단추를 푼다. 그리고 곱게 반으로 접은 복권을 꺼내 젊은 직원에게 건넨다.

복권을 두 손으로 받아서 차분하게 확인하던 직원은 갑자기 흠칫 놀란다. 그러곤 철민의 아래위를 훑듯이 다시 보는 것이었다.

"김 대리?"

다른 책상에 앉은 채 지켜보고 있던 좀 더 직급이 높아

보이는 다른 직원이 젊은 직원을 부른다. 약간의 질책을 담은 투다.

"예… 팀장님! 그런데 이거… 그건데요?"

"앞뒤도 없이 그거라니……? 그게 뭔데?"

"3개월 전에… 당첨금이 두 번 이월되었던 건 있지 않습니까?"

"뭐?"

팀장이 벌떡 일어더니 잰걸음으로 다가온다. 그 또한 김 대리 이상으로 놀란 기색이다. 하긴 놀랄 수밖에 없을 것이다. 그 작은 종이 쪼가리는 바로 380억짜리 대박 복권이 아니던가?

단말기에 복권의 바코드를 갖다 대는 김 대리의 손길이 가늘게 떨리는 듯하다.

딩동~ 댕.

맑게 울리는 소리에 철민은 가슴이 철렁하는 기분이다. 당첨 여부와 더불어 복권의 진품 여부를 확인하는 소리라고, 김 대리가 설명을 한다. 그러니까 '딩동~ 댕' 소리는 철민의 복권이 정말로 380억짜리 진품이라는 것을 확인했다는 소리인 것이다. 당연한 사실이건만, 철민은 저도 모르게 짧게 안도의 한숨을 삼킨다.

"어떻게 지금까지 참으신 겁니까?"

팀장이 웃는 얼굴이면서도 자못 신기하다는 듯이 묻는다.

순간 철민은 지난 몇 달간의 치열했던 고심을 들킨 듯한 기분이 된다.

"아, 예……! 뭐… 그동안 이런저런 일들로 좀 바빠서……."

대강 둘러대는 철민의 대답에 팀장이,

"허허!"

하고 하릴없이 실소를 흘린다.

"그럼… 당첨금 수령을 위한 절차에 들어가겠습니다!"

김 대리가 자못 엄숙한 선언처럼 말한다. 그리고 그는 일장의 설명을 시작한다. 주로 세금 문제에 관해서였는데, 낯선 용어들 때문에 철민은 명쾌하게 이해하기가 힘들었다. 그리하여 철민이 잠시 듣고 있다가,

"저… 그래서 결국 얼마를 떼는 겁니까?"

하고 물었고, 그에 대해 김 대리는 설핏 긴장하는 기색으로 대답한다.

"당첨금의 33%입니다!"

"뭐라고요?"

철민은 저도 모르게 따지듯이 반문하고 말았다. 33%면 도대체 얼마를 뗀다는 말인가? 대충 계산해도 380X0.3, 곧

38X3을 하면…….

철민이 머릿속으로 계산을 해보고 있을 때, 김 대리가 차분하게 말한다.

"정확하게는 125억 6천만 원입니다!"

순간 철민은 눈이 확 뒤집어지는 기분이다.

"아니, 이것 보세요? 무슨 세금을… 125억씩이나 뗀다는 겁니까? 그 계산 틀림없는 겁니까?"

"정확합니다!"

"그럼 내가 실제로 받는 금액은 겨우… 250억 정도에 불과하다는 겁니까?"

"그렇습니다! 254억 조금 넘습니다!"

김 대리는 완연히 사무적인 태도로 변해 있었다. 이런 경우를 늘 봐와서일까?

철민은 억울하다 못해 울화가 치미는 중인데, 김 대리는 한층 더 차분한 목소리로 말을 이어간다.

"가족이 있으시면 가족 간에는 세금 없이 증여할 수도 있습니다. 그 한도는…….."

"됐습니다! 가족 없습니다!"

철민은 차갑게 잘라버린다.

김 대리가 움찔하는 기색을 보이자, 곁에 있던 팀장이 슬쩍 끼어든다.

"저기… 고객님! 당첨금은 어떻게 쓰실 생각이신지……?"

철민은 그 말조차 곱게 들리지 않는다. 농협에서 그런 질문을 할 거라고 인터넷에서 미리 본바가 있기도 했다. 즉, 거액의 당첨금을 기왕이면 농협의 금융 상품에 투자하도록 유도를 한다는 것이다.

"쓰고 있는 농협 계좌가 있으니까, 일단은 거기로 넣어 주세요!"

철민의 말에 팀장의 얼굴에는 설핏 안도감이 돈다.

"예! 계좌 번호를 주시면 즉시 입금하도록 하겠습니다!"

그리고 팀장은 역시나 다음의 단계로 나아간다.

"그런데 혹시… 아직 당첨금에 대한 특별한 운용 계획이 없으시다면, 저희 농협의 PB 서비스를 한번 받아보시는 건 어떻겠습니까?"

PB 서비스? 그게 뭐 하는 건지는 모르겠지만, 역시 철민이 인터넷에서 본바, 온갖 그럴듯한 소리로 물고 늘어질 것이니 초장에 확 잘라버리라는 조언도 있었다.

"말씀은 감사하지만, 이미 세세한 부분까지 계획을 다 짜놓았습니다!"

철민이 단호하게 자른다. 거기에 표정까지 한 번 더 굳혀준다.

팀장은 아쉬운 빛이 역력하다. 그러나 자칫 철민의 기분을 상하게라도 할까 봐 두려워 더 이상은 물고 늘어지지 못한다.

슈퍼 리치

로또에 당첨된 지 이미 몇 달이 지났지만, 당첨금을 실제로 수중에 넣고 보니 기분이 또 확 다르다.

이제야말로 쓰고 싶은 대로 맘껏 돈을 쓸 수 있게 된 것이다.

이제부터 자신의 삶이 풍족해질 것이라는 기대가 우선 그의 기분을 충만하게 만든다.

그래! 부자가 되어 좋은 건, 이런 게 아닐까?

'자! 뭐부터 시작해 볼까?'

'먼저 집부터 한 채 장만해 봐? 괜찮은 오피스텔이나 하나 살까?'

가장 먼저 드는 생각은 그랬다.

그러나 철민은 인터넷으로 가볍게 시세를 알아보다가 금방 '앗! 뜨거워라!' 하는 심정이 되고 만다.

'괜찮은' 장소에, '그럴듯한' 평수의 오피스텔 한 채를 사는 데 몇십억은 우습게 든다는 걸 그는 처음으로 알았다. 물론

254억에 비하면 적은 돈이지만, 달랑 혼자 살 집 한 채 장만하는 데 그만한 돈을 쓰고 싶지는 않았다.

그리고 부차적인 문제이긴 하지만, 부동산 쪽으로는 잘 알지도 못하기에 막상 그런 거금이 드는 거래를 하자면 이래저래 자세히 알아보고 신중하게 고민도 해야 할 것이고, 계약 과정은 또 얼마나 복잡할 것인가? 생각만으로도 머리가 아프다.

결국 오피스텔은 나중에, 먼 훗날 정 필요하다 싶을 때가 오면 그때 다시 생각해 보자는 쪽으로 마음을 정리한다. 지금 이대로도 그다지 불편하지 않다는 생각이기도 하다. 그리하여 당분간은 지금의 원룸에 그대로 있기로 했다. 다만 월세로 전환했던 부분은 다시 전세로 돌리기로 했다.

"사실은 진즉에 세를 올렸어야 하는 긴데, 총각 형편 생각한다고 차마 말을 못 하고 있었는 기라! 그란데… 우리도 빤한 형편에 계속 그럴 수는 없는 노릇이고… 우짜겠노? 이번참에 마 쪼매만 올려 주소!"

"얼마나……?"

"요즘 시세로 보믄 500만 원은 올리야 되는데… 에휴! 형편을 모르는 사이도 아니고, 고마 한 300만……?

"알겠습니다! 500만 원 올려 드리겠습니다!"

"500……? 그래 해주마… 우리사 좋지만……."

주인아주머니의 얼굴에 설핏 아쉬움이 스쳐 간다.

'그리고 또 무엇이 있을까? 무엇부터 해야 부자다운 삶으로의 변화가 시작될까?'

철민이 생각 끝에 다음 순위로 정한 것은 차다. 다른 건 천천히 생각하기로 하고, 우선 차는 한 대 사야겠다 싶었다. 10대 후반부터 그의 로망이 되어왔던, 그러나 감히 꿈도 꿀 수 없었던 자가용 말이다.

우선은 외제차 쪽으로 마음이 쏠린다.

가끔씩 택시를 탔을 때, 기사 양반들이 외제차 옆으로는 아예 붙기를 꺼리는 걸 보곤 했었다.

쾅 하면 억!

외제차와 박았다 하면 억대의 수리비가 나온다는 것이고, 그런 만큼 가능하면 근처에 안 가는 게 상책이라는 것이었다.

그렇게 도로 위에서는 외제차가 하나의 힘이요, 권력이 되기도 한다는 점에 그도 슬쩍 끌린 것이다.

대강의 가격을 알아보니 1억 정도(?)만 잡으면 꽤 그럴듯한 브랜드를 살 수 있을 것 같다.

그러나 그는 결국 외제차에 대한 마음을 접기로 한다. 돈이 부담이 되어서가 아니라, 외제차라는 자체에 대해 그 스스로가 한편으로 가지고 있던 일종의 거부감을 끝내는 털어 내지 못해서다. 얼마 전까지만 해도 좋은 말로 취업 준비생이지, 사실은 앞날이 막막한 백수 처지의 그에게 외제차란 감히 꿈도 꿀 수 없었던 사치가 아니었던가?

그런걸 보면, 비록 꿈같은 행운으로 대단하다 할 만한 부자가 되었다지만, 막상 부자로 살기에는 그는 아직 마음의 준비가 되지 않은 모양이었다.

사실 그가 오래전부터 꿈꿔 왔던 로망은 승용차보다는 사륜구동의 지프(jeep)차다.

거친 비포장도로를 종횡무진으로 달려 나가는 거침없는 추진력을 동경했다고나 할까? 아마도 전혀 그러지 못한 스스로의 성격과 처지에 대한 보상 심리쯤이었을 것이다. 다만… 질풍노도의 시기도 까마득히 지나 버린 지금에 와서는, 오리지널 지프차보다는 안락함을 겸비한 승용차 겸용의 레저차로 로망이 살짝 변질된 부분은 있지만!

그는 결국 11인승 미니 밴 하나를 덜컥 계약했다. 크게 알아보지도 않고 일단 한번 구경이나 해보자 하고 들어간 자동차 대리점에서였다.

'차고가 높고 시원하게 트인 시야!'

'넓고 편안한 실내 공간!'

'대용량의 화물 수납 공간!'

'대형 LCD TV와 미니 냉장고, 리무진용 고급 시트!'

'사륜구동 장착으로 탁월한 필드 주행 능력!'

'강력한 파워와 순간 가속력!'

'강한 이미지와 고급스러움을 겸비한, 그야말로 남성의 로 망!'

물 흐르듯 매끄러운 언변으로 공략해 드는 영업 직원의 권유에 그냥 필이 팍! 꽂혀 버리고 만 결과였다.

철민은 동네 은행에 들렀다.

오전 시간인데도 창구는 벌써부터 제법 붐비고 있다. 당장 급한 용무가 있는 것은 아니었기에 그냥 나갈까 하다가, 또한 달리 해야 할 일이 있는 것도 아니어서 느긋하게 사람 구경이나 하며 기다리기로 하고 일단은 대기 번호표를 뽑는다.

한 20분쯤 느긋하게, 혹은 대책 없이 기다렸을까? 드디어 그의 번호가 뜬다.

"무엇을 도와드릴까요?"

창구의 여직원이 묻는다. 나이가 좀 되어 보이는 아줌마였지만, 친근한 미소에 상냥한 목소리다.

"저기……."

막상 용무를 설명하려니 어떻게 말을 시작해야 할지 몰라 애매해진다. 그래서 그는 말 대신 당첨금이 고스란히 들어 있는 농협 통장을 꺼내 여직원에게 건네준다.

여직원은 언뜻 의아하다는 기색이었으나, 머금은 미소를 거두지 않은 채 통장을 받아 펼친다. 그리고 여직원의 두 눈은 한껏 커진다. 더 이상 커질 수 없을 정도로!

"고, 고객님!"

여직원은 사뭇 상기된 얼굴로 살짝 말까지 더듬는다.

철민은 덩달아 가볍게 긴장되는 바람에 괜히 목소리를 낮춘다.

"그거… 어떻게 운용을 좀 해볼까 해서……."

순간 여직원은 벌떡 자리에서 일어난다.

"고객님! 잠시만… 잠시만 기다려 주십시오!"

그 말만 남기고 여직원은 곧장 어디론가 가버린다.

철민으로서는 당황스러운 노릇이다. 그러나 사정하듯이 기다려 달라고 한 여직원의 말 때문에라도 매정하게 가버릴 수는 없다. 다행히 여직원은 이내 돌아온다.

"저, 고객님! 저희 지점장님께서 직접 뵙기를 청하십니다!"

"예……? 저를요……? 왜요?"

그렇게 묻긴 했지만, 곧 짐작되는 일이었다. 그만한 거액이 예치된 통장을 들고 불쑥 나타났으니, 기껏 동네 단위 지점의 책임자로서는 화들짝 놀랄 법도 하지 않겠는가?

"저를 따라오시죠!"

여직원이 앞장서며 안내를 하는데, 사뭇 공손한 태도여서 철민은 괜스레 주변의 눈치를 살펴야만 했다.

지점장실은 제법 넓고 고급스러워서, 좀 전에 '기껏 동네 단위 지점'이라고 낮추어 본바 있는 철민을 설핏 무색하게 만들었다.

지점장은 40대 중반쯤으로 보인다. 그런데 철민에게 명함을 건네고 간단히 인사를 나누자마자, 지점장은 곧장 밖으로 나설 채비를 한다.

"고객님! 본점으로 모시겠습니다! 이미 그쪽에다 연락을 해두었으니, 최고의 전문가들이 대기하고 있을 겁니다!"

철민은 당혹스러진다. 뭐랄까, 생각지 못하게 좀 성가셔질 것 같다는 느낌이랄까? 그러나 한참이나 나이 많은 지점장이 허리까지 숙이며 정중하게 모시겠다는데, 무작정 싫다고 할 수도 없는 노릇이다. 한편으로, 지점장이 말한 '최고의 전문가'들에 대해 구미가 당기기도 한다.

철민은 지점장이 직접 운전하는 고급 세단의 뒷자리에 탄다. 영 불편하고 송구하기까지 하였지만, 지점장이 그야말로 극진히 모시는 터라 그로서는 사양할 엄두를 내는 것조차 어렵다.

"저희 은행을 찾아주신 데 대해 다시 한 번 감사를 드립니다. 특히 저희 지점을 찾아주셔서 얼마나 감사한지 모르겠습니다!"

"아, 예……!"

철민은 모호하게 얼버무릴 수밖에 없다. 아직 돈을 맡기겠다거나, 무슨 거래를 하겠다고 언질을 준 것도 아닌데 벌써부터 자꾸만 감사하다고 하니 말이다.

"사실 요즘 은행과 증권사, 그리고 보험사 등의 금융권에서는 슈퍼 리치를 모시기 위해 아주 피 말리는 경쟁을 하고 있는 중입니다. 그 때문에 대부분의 금융사는 본점 내에 PB 사업부 같은 전담 조직을 두고 있고, 또 슈퍼 리치들이 밀집한 지역에서는 PB 전용 센터를 운영하고 있습니다. 일부 금융사들에서는 일반 지점에까지 PB 코너를 운영하기도 하지요!"

"슈퍼 리치라면……?"

이어지는 얘기에 철민은 계속 입을 닫고만 있기도 그래서 간단하게나마 호응해 줄 겸 슬쩍 묻는다.

지점장은 반가운 듯이 얼른 받는다.

"아, 예! 그게 정확히 기준이 정해져 있는 건 아니지만…

통상적으로 현금성 자산이 10억 원 이상인 고객님들을 말하는 겁니다!"

"아… 예!"

가벼운 감탄조로 받은 철민은 그것으로는 좀 허전한 듯하여 다시 묻는다.

"그럼… PB는 또 무얼 말하는 겁니까?"

사실 PB라는 말은 복권 당첨금을 탈 때 농협 본점에서도 이미 한 번 들었다. 물론 그렇더라도 그게 무엇인지 제대로 알지 못했지만!

지점장은 잠깐 생각을 정리하는 듯하더니, 이내 친절한 목소리로 설명을 잇는다.

"PB는 Private Banking을 말하는 건데, 그러니까… 거액 자산가들의 자산을 종합적으로 관리해 주는 기능을 말하는 겁니다. 금융 상품의 추천을 포함해서, 관리하는 금액의 크기에 따라 해외 수익 증권 투자에서부터 부동산 관리, 연금이나 보험 등의 가입이나, 은퇴 후 재산 상속에 대한 설계와 세무 상담 등, 자산 관리의 거의 모든 것을 다 해주는 서비스라고 할 수 있습니다. 흠! 이를테면… 재테크의 전문가를 고객님의 개인 비서로 두는 것이라고 생각하셔도 좋겠습니다!"

상당히 자세하고도 쉽게 풀어보려는 설명으로 보아, 지점장은 타고난 영업적 본능으로 철민의 성향 내지는 수준에 대해 발 빠르게 정립한 모양이다. 물론 그렇다고 해도 그의 설명이 그다지 쉽거나, 철민에게 확확 와 닿는다는 건 또 아니었지만 말이다.

어쨌거나 계속 이어지는 지점장의 설명이 이윽고 지루하다 싶을 정도가 되었을 즈음, 차가 한 대형 빌딩의 지하 주차장으로 미끄러져 들어간다.

철민과 지점장은 엘리베이터를 타고 곧장 24층으로 올라간다.

엘리베이터 앞에서 기다리고 있던 직원이 곧장 안내한 곳에는 'PB 사업부'라는 명패가 걸려 있었다.

철민은 그곳에서 지점장에게 꼭 다시 뵙게 되기를 바란다는 정중한 인사를 받았고, 다른 직원에 의해 다시 어느 응접실로 안내되었다. 적갈색의 카펫과 은은한 황금빛의 벽면, 그리고 고풍스러운 탁자와 소파가 다소간 무거워 보이면서도 고급스럽고 정갈한 느낌을 내는 응접실이다.

여직원이 차를 내왔을 때, 철민은 마침 목이 말랐으나 금박의 무늬가 장식된 다기에서부터 차의 종류까지 짐작해 볼 수 없어서, 그리하여 그 차를 마시는 데는 특별한 방법과 예법이 있을지도 모른다는 등의 걱정이 되어 감히 먼저 찻잔으로 손을 가져가지 못했다.

누군가 응접실로 들어선다. 나이가 쉰이 넘어 보였거니와 풍기는 중후함만으로도 상당히 고위직일 듯한 그 남자는, PB 사업부장이라고 자신을 소개한다.

괜히 움츠러드는 철민의 마음이 조금이나마 다시 편하게 된 것은, 곧이어 들어온 또 한 사람 덕분이었다.

단아한 미모와 상냥한 미소! 한편으로 전문가적인 여유와 또 캐리어 우먼의 각 잡힌 기품이 엿보이는 그녀는, 30대 초반쯤으로 보인다. 그리고 PB 사업부장으로부터 가장 능력 있는 PB로 소개가 되었다.

강 팀장이라고 스스로를 소개한 그녀는, 자신이 올드 미스라고 짐짓 수줍은 농담인 듯한 말을 덧붙였고, 그러자 PB 사업부장이 골드 미스라고 슬쩍 양념을 친다.

그에 철민은 퍼뜩 하나의 상상을 떠올린다. 아마도 은행에서 그를 고객으로 확보하기 위해 약간의 영업적인 잔머리를 굴리는 게 아닌가 하는! 미인계까지는 아닐지라도 하여튼 그런 비슷한 쪽으로! 물론 쓸데없는 상상이었지만!

"VIP 고객에 대해서는 각 금융사들마다 다양한 부대 서비스가 제시되고 있습니다만, 저희 은행에서는 3억 원 이상 예치 고객께는 가족 애상사(哀喪事) 때 20만 원의 조의금과 조화를 보내 드리고 있습니다. 또한 5억 원 이상을 예치하신 고객 중에서 이익 기여도가 높은 고객께는 종합병원의 VIP 종합 건강진단권을 드리고 있고, 더하여 총 수익금의 5%를 환원해 드리는 특별 서비스도 제공해 드리고 있습니다. 뿐만 아니라, 금융 자산 간 포트폴리오 배분과 우수 상품 추천은 물론, 각종 세무 상담과 상속 문제 등에 대한 법률 자문도 상세하게 제공해 드립니다. 무엇보다 저희 은행은 자사의 상품에만 국한하지 않고 철저하게 고객의 입장에서 이익이 되는 상품을 추천해 드린다는 원칙에서, 타사의 마케팅 전략과는 차별화된 정책을 가져가고 있습니다. 그밖에도 저희 은행의 고객이 되시면, 각종 문화 행사의 초대권과 생일을 챙겨 드리는 등의 작고 세심한 배려와 함께 고객님과의 특별한 유대 관계를 쌓아 나갈 것입니다."

강 팀장의 설명은 매끄러웠다. 사실 이미 지점장에게서 들었던 설명과 겹치는 내용이 상당 부분이었고, 또 특별히 더 잘하는 설명이라고 할 수도 없었지만, 그렇더라도 상냥하고 상큼하며 때로는 애교스러운 표정으로 풀어내는 그녀의 설명은 오래 들어도 전혀 질리지 않을 것 같았다.

"그렇게 다 해주면, 은행은 어떻게 이득을 냅니까?"

불쑥 물어놓고는, 그 돌발적인 엉뚱함과 더욱이 의도치 않게 뭉툭 실려 버린 퉁명스러움에 철민은 제 풀에 움찔 놀라고 말았다.

강 팀장의 코끝이 찡긋거린다. 그것이 처음으로 보여주는 표정다운 표정이라는 데서, 철민은 그녀의 당혹스러움을 엿볼 수 있었다. 그러나 그녀는 이내 가벼운 눈웃음으로 대답한다.

"예치된 자금의 대출로 수익을 내거나, 각종의 파생 상품과 펀드, 비과세 상품의 판매를 통한 수수료가 저희 은행의 주요 수입원이 됩니다. 그 밖에 투자 운용이나 자문에 따른 수수료도 있는데, 그쪽은 좀 더 전문적인 분야라서……."

강 팀장이 말끝을 흐렸지만, 철민은 짐짓 크게 고개를 끄덕여 준다. 사실 은행이 어떻게 이득을 챙기는지, 혹은 이득을 내거나, 말거나 그가 신경 쓸 일은 아닌 것이다.

어쨌거나… 강 팀장은 여러모로 마음에 든다. 사심이 생겼다는 건 아니고, 친절하고 기품이 있는 데다 PB로서 충분히 전문적으로 보인다는 의미이다. 그렇더라도 역시 쉽게 결정할 문제는 아니다. 그렇게 하기엔 맡길 돈의 덩치가 너무 크다.

철민은 일단 몇 군데 더 둘러보고 나서 결정하겠다고 하자, 강 팀장은 사뭇 쿨하게 응한다.

"그러시죠! 당연히 그렇게 하셔야죠!"

그리고 그녀는 깍듯하게 덧붙인다.

"그렇지만 꼭 저희 은행의 고객이 되어주셨으면 좋겠습니다!"

철민은 그녀의 그런 점까지도 마음에 들었다. 그리하여 그는,

'웬만하면 이 은행과 그리고 기왕이면 강 팀장과 거래를 트는 것도 괜찮겠다!'

하는 생각을 미리 해둔다.

철민은 증권사 몇 군데를 더 둘러본다.

거기서 거기로, 비슷비슷하다. PB 사업부 혹은 센터의 호화로움도, 설명도, 대접도.

굳이 차이를 꼽는다면, 프로 골퍼의 레슨 및 라운딩이라든지, 유명 클래식 연주자들의 초청 연주회라든지 등등의 혜택을 주는 정도로 조금씩 독특함으로 차별화를 꾀하고 있는 정도다.

어쨌든 강 팀장의 말대로 경쟁이 치열하기는 치열한 모양이다.

어느 증권사의 표현에 의하면, 수백억 원 이상의 금융 자산가쯤 되면 그야말로 슈퍼 리치 중에서도 갑(甲) 중의 갑으로, 요구하는 그 무엇이라도 기꺼이 해줄 수 있다고 한다. 그 무엇이라도?

특별한 자들만이 누리는 그런 특별한 혜택에 대해, 철민은 이전까지 그런 게 있는지조차 전혀 알지 못했거니와, 설

령 알았다고 해도 아주 다른 세상의 얘기나 되는 것처럼 실감하지 못했을 것이다.

그러나 지금은 다르다. 지금은 그가 바로 그 갑 중의 갑인 것이다. 그에게 그 특별한 혜택을 받으라고 은행과 증권사들이 서로 다투고 있는 것이다.

철민은 일단 네 곳을 정했다. 은행 한 곳과 증권사 세 곳!

은행 한 곳은 당연히 강 팀장이 속해 있는 그곳이다. 그리고 증권사 세 곳은 네임 밸류만으로도 믿을 수 있는 메이저급들이다.

당첨금은 네 곳에 균등하게 분산 예치하기로 했다.

다만, 아무리 안전하고 좋은 상품에다 서비스라고 해도 뭔가 낯설고 마음에 확 와 닿지를 않으니, 네 곳 모두에다 본격적인 자산 운용은 한 몇 달쯤 뒤부터 시작하자고 하고, 우선은 MMF에 돈을 넣어두라고 했다.

사실은 아직 부자로서의 만족감 내지는 충족감 같은 것을 한 번도 제대로 누려보지 못해, 조금은 억울한 기분이 들어서다. 그래서 필요할 때는 언제든지 뽑아 쓸 수 있는 MMF에 당분간만 넣어두기로 한 것이다. 물론 '언제든지 뽑아 쓸 일'이란 아마도 없겠지만.

어쨌거나 은행과 증권사들은 전혀 토를 달지 않았다. 어쨌든 간에 거액의 자금이 예치되었다는 사실만으로도 감지

덕지하다는 반응들이었다.

부자로 살기

시간이 흐르고 있다!

어제나 오늘이나, 그리고 부자가 되기 전이나 부자가 된 이후나 시간이 흐르고 있다는 사실만큼은 너무나도 분명하여 조금도 변화가 없는 것 같다.

아니다!

시간은 변함없이 흐르고 있더라도, 전과 후는 사뭇 다르다.

부자가 되기 전, 취업 준비생이던 철민은 시간이 빨리 흘러가기를, 이 각박하고 절망적인 시기가 일초일분이라도 더 빨리 지나가 버리기를 늘 소원했었다.

실제로 지긋지긋하도록 힘겹고 지치는 일상에도 막상 시간은 정말로 빠르게 흘러갔다. 끝이 없는 공부는 해도 해도 부족하기만 한데, 스펙에 추가할 자격의 시험 일정은 금방금방 닥쳤고, 채용 공고를 봤나 했는데 어느새 지원 마감 날짜가 닥치곤 했었다.

그런데 부자가 된 지금, 그는 매일매일의 시간이 참으로 느리게 흘러가고 있음을 절감하고 있는 중이었다.

오늘 중으로 꼭 해야만 하는 일 같은 건 없어졌다. 그리고 내일 계획된 일도 없고, 하고 싶은 일도 없다.

그는 그저 멍하니 시간을 보내고 있는 중이다. 마치 시간이 무한정으로 느리게 흐르는 사막의 한가운데 자신 혼자만 있는 것 같았다.

물론 그가 있는 곳은 오아시스다. 시원한 그늘도 있고, 물과 먹을 것도 부족함 없이 구할 수 있는!

그러나 고작 몇 평의 땅뙈기에 불과한 좁디좁은 오아시스를 벗어나면 당장 어디로 가야 할지, 또 어떻게 살아가야 할지가 막막하기만 하다. 아니, 오아시스를 벗어날 의지 자체가 생기지 않는다. 시간이 갈수록 황폐한 피로감만 차곡차곡 쌓이고 있다.

*   *   *

귀차니즘!

손끝 하나 까딱하기 싫은 지독한 귀차니즘이다. 만사가 귀찮다.

심지어 누구와 말을 섞는 것조차도 싫어서 배달도 시키지 않았다.

이윽고 오늘, 집에 비축되어 있던 햇반이니 라면이니 하는 것들이 동이 나버렸다.

아침은 굶었다.

그러나 점심때는 결국 피자 한 판을 배달시켰다.

배달 온 피자를 받으면서 철민은 문득 우습다는 생각이 들었다.

피자 한 판에, 콜라 큰 것 한 병.

2만 원을 주고 잔돈을 받았다.

그런데 그에게는 250억 넘는 재산이 있다. 그것도 언제든지 빼 쓸 수 있는 현금으로!

그런데도 그는 지금 왜 이렇게밖에 살지 못하고 있는 건가?

왜 이렇게 궁상맞게 살고 있는 건가?

돈 있겠다, 차도 괜찮은 놈으로 하나 뽑아 놨겠다, 끼니마다 비싸고 좋은 데만 찾아다니면서 즐기면 되는 것 아닌가?

그러나 모든 것을 갖추었다고 해도, 막상 즐긴다는 게 그렇게 쉬운 문제인 것만은 아닌 것 같다.

조금 부끄러운 얘기지만, '괜찮은 놈으로 하나 빼놓은' 차만 해도 그렇다. 큰맘 먹고 마련한 그 차는 지금 애물단지가 되어 있었다.

차를 인도한 날부터 바로 문제가 생겼다. 대리점에 전시되어 있는 것을 봤을 때는 잘 모르겠더니, 영업 직원이 원룸 주차장으로 몰고 온 것을 보니 차가 너무 컸다. 옆에 주차된 다른 승용차에 비해 확연히 두드러질 만큼 컸으니, 장롱 면허증 소지자인 그로서는 처음부터 기가 확 눌리고 말 지경이었다.

그러나 어찌 됐건, 기왕에 저지른 일이니 일단 부딪쳐 보는 수밖에 없는 노릇! 키를 넘겨받아 일단 도로로 끌고 나갔다. 살살 몰고 다니면 적응이 되리라는 요량이었다.

그러나 겨우 동네 주변 도로를 한 바퀴 돌고 오는 것으로 그는 그야말로 속옷이 흠뻑 젖을 만큼 진땀을 빼야만 했다.

원룸 주차장은 또 왜 그렇게 좁은지. 어찌어찌 겨우 차를 세우고 나자, 다시는 몰 엄두가 나지 않았다.

그걸로 끝이 아니었다. 당장 주차가 또 문제였다. 원룸에 주차가 가능한 것은 여섯 대. 주차하려면 매월 별도의 돈을 추가로 내야 했다. 물론 그 얼마간의 주차비가 문제가 될 건 아니었고, 문제는 주인아주머니의 잔소리였다. 역시나 차가 너무 커서 다른 승용차들이 드나드는 데 방해가 된다는!

누구의 잔소리를 들어야 한다는 것 자체가 못 견디도록 번거롭고 귀찮았다. 그길로 원룸에서 50미터쯤 떨어진 유로 주차장에 월 주차권을 끊고 차를 박았다. 그 뒤로 쭉 박아만 두고 있는 중이었다. 그나마 위안이 되는 건, 그래도 외제차를 지르지 않은 게 천만다행이라는 점이었다.

얘기가 옆으로 좀 샜지만, 어쨌거나 끼니때마다 뭘 먹으러 밖으로 나가는 일도 그렇게 쉽지만은 않다는 얘기를 하고 싶은 거다.

그렇다고 그런 쪽의 전문가를 비서로 고용해서 "끼니마다 맛나고 좋은 식당으로 모시고 다녀라!" 할 수도 없는 노릇 아닌가? 아무리 돈 좀 있기로서니, 새파랗게 젊은 놈이 말이다.

사실 편하기로 말하면, 뭐니 뭐니 해도 역시 배달이 최고다. 전화 한 통이면 그때그때 입맛 당기는 메뉴로 빠르면 5분, 늦어도 이삼십 분이면 방 안까지 쏙 넣어 주니 수저만 들고 먹으면 된다.

그뿐인가? 다 먹고 난 다음에는 치우고 설거지를 할 필요도 없다. 먹고 남은 것들을 대충 빈 그릇에 쓸어 넣은 다음, 신문지 한 장 덮어서 그냥 문밖으로 쏙! 내놓으면 그만이다.

물론 영양가가 어떠니, 인공 조미료의 유해성에 위생 문제가 어떠니 하는 말들이 많은 건 안다. 그러나 몸에 좀 안 좋으면 또 어때랴? 먹고 당장 안 죽을 정도면 되는 거 아닌가? 하룻밤 자고 나면 멀쩡해지는 청춘 아닌가? 새파랗게 젊다는 게 한밑천인 청춘 아니냐는 말이다.

그러나… 이제부터는 아니다!

청춘인 것만 믿고 아무 음식으로나 끼니를 때우던 김철민은 어디까지나 어제까지의 김철민이다.

이제부터는 달라져야만 한다.

그런 말도 있지 않던가? 건강을 잃으며 돈도 무엇도 다 잃는 거라고!

250억! 그 엄청난 돈을 제대로 써보지도 못하고 덜컥 몸에 이상이라도 생긴다면? 그래서 한순간에 모든 걸 다 잃는다면?

생각만으로도 억울해서 미칠 것 같다.

철민은 정신이 번쩍 들었다.

'이대로 있다간 정말로 폐인이 되고 말겠다! 오늘 저녁에는 무조건 밖으로 나가 보자!'

'밖에 나가면 뭐 해? 어차피 혼자인데. 혼자서 쏘다니고, 혼자서 밥 먹고. 궁상맞기나 하지!'

막상 저녁이 되자, 철민은 또다시 귀차니즘에 지배당하고 만다.

그는 결국 침대에서 뒹굴뒹굴, 이런저런 잡생각이나 떠올리며 다시 시간을 죽이기 시작한다.

얼마나 죽였을까?

잡생각 사이로 언뜻 끼어드는 단상이 있다.

카페다. 초등학교 동창—이름이… 윤수원이었지?—이 부모 덕에 운영한다던 그 라이브 카페 말이다.

'가 볼까?'

불쑥 이는 충동!

한 번 가 본 곳이고, 더욱이 동창 녀석이 운영하는 곳이니 혼자 가더라도 어색하고 궁상맞은 처지는 면하지 않겠는가?

사실은… 그곳에 가면 아마도 들을 수 있을 것 같은 소식들이 문득 궁금해진다. 좋은 소식이든, 나쁜 소식이든 상관없이 그와 어떤 식으로든 관련이 있는, 그래서 조금이라도 관심이 갈 법한 소식들!

남들이 자신에게 가져주는 관심까지는 기대하지 못하더라도, 자신이 남들에 대해 가질 수 있는 관심에조차 그는 굶주려 있었다.

철민은 서둘러 옷을 챙겨 입는다.

또다시 귀차니즘이 슬금슬금 일어났지만, 그는 마지막으로 모자를 찾아 푹 눌러쓰는 것으로 결행의 의지를 다진다.

그리고 마침내 그 좁디좁은 오아시스를 벗어나, 끝없이 펼쳐진 사막의 거친 건조함 속으로 한 걸음 성큼 내디딘다.

제10장
용사

카페 수(秀)

카페 수(秀).

카페 이름이 그렇다는 걸 철민은 이제야 알았다.

'멀쩡히 간판에 쓰여 있는 걸 왜 지난번에는 보지 못했을까?'

하는 관점에 대해서는, 이상하다 할 수밖에!

달리 까닭이랄 게 없다.

철민은 모자를 벗어 뒷주머니에 찔러 넣고 카페 안으로
들어선다.

초저녁인데도 벌써 손님들이 제법 많다.

철민이 무대에서 멀찍이 떨어진 테이블에 자리를 잡고 잠
시 앉아 있으니 그제야 윤수원이 얼굴을 비친다.

"웬일이야? 누구랑 약속 있어?"

"아니! 근처에 일이 있어 왔다가, 그냥 잠깐 얼굴이나 보
고 가려고……!"

"고맙다! 그래도 동창이라고 이렇게 일부러 찾아주고! 그
래, 온 김에 한잔해야지? 뭐로 준비할까?"

"내가 아직 저녁 전이라서 말이야. 술 한 병 하고, 안주
겸 간단히 배 좀 채울 수 있는 것이면 좋겠는데……!"

"그래? 그럼 안주는 스테이크 종류면 되겠고. 술은 맥주?"

"아니… 맥주는 좀 그렇고……!"

"그래? 그럼… 와인? 아니면 위스키로 할래?"

"그냥 적당한 걸로, 아니 좀 괜찮을 걸로 한 병 줘!"

"괜찮은 걸로? 가격이 좀 부담스러울 수도 있는데?"

윤수원의 얼굴에 가볍게 웃음기가 감돈다.

철민은 그 웃음기가 별로 좋지 않은 느낌이어서 툭 뱉는
다.

"상관없어!"

윤수원의 웃음기가 조금 더 짙어진다.

"너, 공돈이라도 생겼냐?

"그래! 나, 로또 맞았다, 인마!"

불쑥 뱉어 놓고도 거리낌 같은 건 생기지 않는다.

"하하하! 짜식! 싱거운 소리도 곧잘 하는 걸 보니, 확실히 옛날하곤 많이 달라졌네!"

털털하게 웃으며 받은 윤수원은 짐짓 흔쾌하게 고개를 끄덕인다.

"오케이! 내가 적당한 걸로 골라서 내오도록 하지!"

윤수원이 카운터 쪽으로 가고 잠시 뒤, 웨이터가 술과 안주를 가지고 온다.

술병에는 불어인지, 이탈리아어인지 확실치 않은 글자로 뭐라 쓰여 있었는데, 읽을 수조차 없었지만 어쨌든 와인 종류인 듯싶었다.

딸려 나온 술잔의 모양이 드라마나 영화 같은 데서 보았던 것과 같았다.

그리고 안주 접시에는 스테이크와 샐러드가 조금 담겨 있다.

윤수원은 철민의 자리에는 잠시 앉지도 않고, 곧장 자신의 일에 바빴다.

단골손님들이 많은 듯 여기저기서 사장을 찾았고, 그때마다 가서 몇 마디씩이라도 환담을 나누고 술도 한 잔씩 마셨다.

그런가 하면, 또 중간중간 짬을 내 룸 쪽에도 들락거리는 등, 어쨌든 철민에게까지 신경을 써줄 여력은 영 없어 보인다.

철민은 먹고 마시는 데만 열중하기로 한다.

스테이크를 먹기 좋도록 미리 썰어 놓은 다음, 제법 비싸 보이는 와인을 한 모금 홀짝거린다.

알지 못하는 음악이지만, 은은하게 흐르는 선율에 대충 귀를 기울이면서 천천히 스테이크와 샐러드로 배를 채운다.

와인도 열심히 비운다. 남겨 놓고 가기에는 너무 아깝지 않은가?

비싼 술은 키핑도 된다고 들어 알고 있지만, 그럴 생각은 없다. 다음에 다시 올 일은 없을 테니까!

그는 소주 반병이면 찍!이라 금방 취기가 돌았다.

시간을 보니 어느덧 9시다.

철민은 그만 나갈 작정을 한다.

열심히 마신다고는 했지만, 와인은 반병이 넘게 남았다.

아깝다!

그러고 보면 은근히 장삿속이 보이는 것 같기도 하다. 와인치고는 너무 독하고, 양도 너무 많다. 그만큼 비싸겠지? 아는 놈이 더 무섭다더니!

물론 그런 것에 연연하기는 싫었다. 구차하니까.

그런데 그가 막 자리에서 일어서려 할 때 문득 무대에 조명이 들어왔다.

그리고 기타를 든 여가수 하나가 무대에 오른다.

'노래 한 곡만 듣고!'

그는 다시 엉덩이를 붙인다.

절대 본전 생각이 나서는 아니다. 그냥 얼큰히 오른 취기를 잠시만 더 즐기자는 마음이었다.

샹송인가?

낯선 노래다.

그러나 잘게 떨려 나오는 기타의 선율, 그리고 여가수의 애절한 보이스만으로도 그는 지그시 두 눈을 감는다.

300억짜리

노래가 조금 빠른 템포로 바뀌고 있다. 제목은 기억나지 않지만 제법 귀에 익은 오래된 팝송이다.

철민은 가만히 손가락 장단으로 기타의 선율을 따라간다.

그러다 철민은 문득 눈살을 찌푸리고 만다. 한 쌍의 커플이 그의 테이블 옆으로 지나가면서 열창하고 있는 여가수의 모습이 잠깐 가려졌고, 그 때문에 노래에 흠뻑 취해 있던 자신의 기분이 방해를 받고 만 듯해서다.

그러나 탓할 일은 아니다. 테이블 옆은 누구라도 지나가라고 내놓은 통로였으니 말이다.

그들 한 쌍의 남녀는 그야말로 늘씬하고 훤칠하여 절로 사람들의 시선을 끄는 데가 있다.

철민은 우선 남자 쪽으로 먼저 시선이 갔다.

한눈에도 190은 넘어 보이는 큰 키에 탄탄한 몸매의 소유자다.

그리하여 철민은 감히 그 남자를 계속 쏘아보는 만용을 부리지는 못했다.

이어 늘씬한 여자 쪽으로 시선을 옮겼을 때, 철민은 흠칫 놀라고 만다. 아는 얼굴이다. 바로 황유나다.

그가 황유나에게서 시선을 거두고 고개를 돌려 아예 외면까지 해버린 것은 거의 반사적이었다.

'제기랄! 죄지은 것도 없는데……!'

그가 속으로 뒤늦게 투덜거리고 있을 때였다.

누군가 어깨를 툭 치며 옆자리에 앉는다. 윤수원이다.

"그냥 모르는 체해라!"

황유나를 두고 하는 말이리라!

순간 철민은 괜한 반발심이 생긴다.

그녀에 대해서는 그 스스로가 먼저 모르는 체 외면했음에도 말이다.

철민의 그런 내심을 눈치채기라도 한 듯, 윤수원이 희미하게 미소를 떠올리며 덧붙인다.

"좀 전에 유나가 전화했더라! 갑작스럽게 인터뷰 딸 일이 생겼는데, 예약도 안 하고 어디 갈 만한 데도 없고 해서 우리 가게에 조용한 자리 하나 내주면 안 되겠냐고. 사실 그때까지만 해도 룸이 전부 다 예약이 되어서 안 된다고 하려고 했는데, 그러기 뭐해서 일단 와 보라고 했지! 후훗! 그런데 다행스럽게도 마침 예약 취소 건이 하나 생기긴 하더라고!"

"누구래?"

"응?"

"인터뷰 딸 남자 말이야!"

"나도 확실히는 못 봤는데, 언뜻 조철훈 비슷하게 생긴 것 같은데?"

"조철훈?"

"있잖아, 드래곤즈 에이스!"

"드래곤즈……? 야구 선수?"

"그래! 너 모르냐? 그 친구 요번에 FA로 풀리면서 일본 프로야구의 무슨 팀인가 하고 계약을 할 거라는데, 인터넷에서 보니까 계약금이 우리 돈으로 300억이 넘을 거라고 하더라! 하여간 일본 진출 사상 역대 최고의 계약 금액에다, 일본 내에서도 최고 대우라고 요즘 한창 뉴스거리를 몰고 다니더라. 하긴… 황유나가 인터뷰 한번 따내려고 이렇게까지 하는 것만 봐도 알 만한 거겠지.”

철민은 괜스레 거슬렸다. ‘300억’ 소리 때문이었을까? 괜스레 비교당하는 듯한 느낌까지 드는 것은, 스스로 생각하기에도 참으로 엉뚱하고도 민망하기까지 했다.

윤수원과 얘기를 하면서도 철민의 신경은 계속 황유나와 그 남자의 뒷모습으로 향하고 있다.

그들은 안쪽, 룸들이 배치된 쪽으로 가고 있다. 그쪽은 격리되다시피 해서 홀에서는 잘 보이지 않았지만, 마침 철민이 앉은 위치에서는 좌우로 배치된 룸들 중 오른쪽 첫 번째 룸까지는 보인다.

그리고 하필이면 황유나와 그 남자는 바로 그 오른쪽 첫 번째 룸으로 들어간다.

웨이터가 룸으로 들어갔다가 나오는 걸 윤수원이 손짓으로 부른다.

“조철훈이 맞지?”

“예! 맞습니다!”

이어 윤수원은 웨이터에게 주문서를 건네받아 훑어보더니, 짐짓 놀랍다는 투로 말한다.

"이야……! 황유나, 오늘 너무 무리하는 것 같은데? 방송사 기자 월급이 얼마나 된다고, 이렇게까지 해도 되나?"

철민도 문득 궁금해진다. 그러나 윤수원은 철민이 물어볼 틈을 주지 않고 웨이터와 함께 가버린다.

철민은 내내 황유나와 조철훈이 들어가 있는 룸의 문만 바라보고 있다. 그냥! 무심히!

여가수의 라이브는 더 이상 애절하지도, 감미롭지도 않다.

안주는 진즉 다 떨어졌다.

그가 무심코 홀짝거린 술이 제법 되는 모양이다. 어느새 술병이 반쯤 줄어 있다.

'내가 지금 이 자리에 이렇게 있어야 할 이유가 뭐지?'

그는 문득 그런 생각이 든다. 그러나,

'이제 그만 가야지!'

하면서도 몸은 일으켜지지를 않는다.

그는 그것을 술 탓으로 돌린다. 아무래도 너무 많이 취한 모양이다. 몸이 의지대로 따라 주지 않는 걸 보면 말이다.

'잠시만 더 앉아 있다가 가자! 술이 조금 깰 때까지만!'

그는 그렇게 타협한다.

지금 그를 지배하고 있는 취기, 혹은 그의 의지가 아닌 다른 무엇과.

그때였다. 갑자기 룸의 문이 열린다.

그리고 황유나가 나오고 있다.

은은한 조명에다 거리가 제법 있었기에 표정까지 보일 리는 없는데, 철민은 왠지 그녀가 화났다고 생각한다.

이어 조철훈이 따라 나온다. 그러고는 거칠게 황유나의 팔을 낚아채는 것이었다.

황유나는 제대로 저항도 하지 못하고 룸 안으로 끌려들어 갔고, 룸의 문이 다시 닫힌다.

순식간의 일이었다.

그리고 그런 광경은 철민이 앉은 위치에서만 보였으니, 내내 그쪽으로 시선을 고정시켜 놓다시피 하고 있던 철민 외에는 누구도 보지 못했을 것이다.

철민의 심장이 맹렬히 뛰기 시작한다.

갈등은 짧았다. 뒷주머니에 꽂아 두었던 모자를 꺼내 눌러쓰는 동안에 불과했다.

철민은 한달음에 룸으로 달려갔고, 벌컥 문을 열어젖히고는 안으로 들어섰다.

시끄러운 비트의 음악이 왕왕거리며 울리고 있는 룸 안에서는 지금 한판의 숨 막히는 육박전이 벌어지고 있는 중이었다.

소파에 앉은 모습조차도 거구인 조철훈의 무릎 위에 황유나가 안기듯이 잡혀 있다. 황유나가 뭐라고 악을 써대며 몸부림을 치고 있었으나, 조철훈의 억센 힘에 눌려 꼼짝도 하지 못하는 형국이다.

"야, 이 개새끼야~!"

철민은 곧장 고함부터 지른다.

그제야 상황이 파악되었던지 조철훈이 벌떡 일어서며 황유나를 밀친다.

그 바람에 황유나가 내팽개쳐지다시피 바닥으로 나가떨어지며,

"악!"

하고 비명을 내지른다.

순간 철민은 훌쩍 테이블로 뛰어오른다. 그리고 그대로 조철훈을 향해 돌진한다.

철민의 기세에 흠칫 놀란 조철훈은 일단 방어 자세를 취하며 몸을 웅크린다.

뜀걸음으로 두 걸음! 조철훈과의 거리가 순식간에 좁혀진다.

아니, 천천히 좁혀지고 있다.

조철훈이 느릿하게 두 팔을 올려 가드를 치고 있다.

철민은 조철훈의 가드 사이로 주먹을 꽂아 넣는다. 천천히! 정확하게!

"윽!"

짤막한 비명을 토하며 조철훈이 힘없이 무너져 내린다.

여지없이 관자놀이를 강타한 한 방이다. 그리고 마치 쾌감처럼 스쳐 가는 아찔한 현기증!

한순간 철민은 진한 흥분에 휩싸인다. 마치 오래전에 잃어버렸던 아주 소중한 물건을 되찾은 것 같다.

슬비! 슬비다.

'별남' 사건 때만 해도 제대로 실감은 나지 않았었지만, 철민은 이번에야말로 확실히 느낄 수 있었다. 어릴 때부터 죽어라 운동만 해온, 그것도 거구의 프로 선수를 단 한 방에 거꾸러뜨린다는 것은, 그로서는 슬비가 아니면 결코 가능한 일이 아니었다.

흥분과는 별개로, 예정된 순서이기라도 하듯 현기증에 이어 무기력증이 찾아든다.

철민이 다리를 휘청하고 말 때였다.

"괜찮으세요?"

황유나다. 그녀가 그의 팔을 붙잡으며 부축을 하고 있다. 그러나 황유나는 곧바로 흠칫 놀라고 만다.

"아! 당신은……?"

철민은 얼른 그녀를 안정시킨다.

"나야, 나! 이젠 괜찮으니까, 안심해!"

순간 황유나가 다시금 두 눈을 크게 뜬다.

"너… 완빤치?"

황유나가 놀라 중얼거리는 소리에, 철민은 쓴웃음을 머금고 만다.

철민은 뒤늦게 당황스러움에 빠져들고 있었다.

자그마치 300억짜리 유명 선수를 때려눕혀 놓았으니, 이제부터 그 뒷수습을 어떻게 해야 할 것인가?

상대적으로 황유나는 차분함을 되찾고 있었다.

"지금부터는 내가 알아서 할 테니까, 넌 가만히 있어!"

황유나의 그 말에 철민은 정말로 슬그머니 안심이 되는 기분이었다.

황유나는 그런 존재다.

아니, 그런 존재였다.

14년 전의 그녀는!

찰싹!

찰싹!

황유나가 조철훈의 뺨을 후려갈긴다. 제법 매워 보이는 손짓이다.

조철훈이 언뜻 정신을 차리는 듯했다. 그러더니 그는 곧바로 튕기듯이 몸을 일으켜 세운다.

거구의 그가 그런 기민한 모습을 보이는 것만으로도 크게 위협적인데, 다시 자세를 낮추며 날카롭게 쏘아보는 모습에는 곧장 덮쳐 올 듯하여 순간 철민은 잔뜩 긴장하고 말았다.

철민이 성큼 황유나의 앞으로 나설 때다.

황유나가 그에게 가만히 고개를 저어 보이고는 다시 조철훈을 향해 차갑게 말한다.

"이게 뭔 줄 알아?"

조철훈이 움찔한다.

황유나가 냉소를 떠올리며 잇는다.

"이거 취재용 초소형 카메라야! 당신을 만날 때부터 지금까지의 모든 상황이 녹화되어 있어! 당신이 오늘 내게 한 지저분한 짓거리들까지 고스란히 말이야!"

"음!"

조철훈이 무거운 신음을 흘린다.

"무슨 뜻인지 알겠어? 당신을 한순간에 매장시켜 버릴 수 있다는 뜻이야!"

이윽고 조철훈은 온몸에서 힘이 빠지고 마는 모양새였다. 어깨를 축 늘어뜨린 그가 힘없이 고개를 숙인다.

"미안합니다……! 오늘 제가… 정신이 어떻게 되었나 봅니다! 정말 미안합니다!"

황유나가 차갑게 받는다.

"미안하다고? 그렇게 추접스러운 짓거리를 해놓고, 기껏 미안하다는 말로 때우려고?"

"그럼… 제가 어떻게 하면 되겠습니까?"

황유나의 입꼬리가 슬쩍 말려 올라간다.

"일단 무릎부터 꿇어!"

"예? 황… 기자님……?"

"왜, 자존심이 허락하질 않니? 그래? 너 같은 인간에게도 자존심이란 게 있긴 있어?"

"황 기자님! 제가 크게 잘못을 한 건 맞는데, 그래도 무릎을 꿇으라는 건… 너무 심하지 않습니까?"

"뭐, 심해? 야, 이 새끼야! 몸값이 좀 뛰고 나니까, 네가 무슨 엄청나게 대단해지기라도 한 것 같냐, 이 개새끼야!"

황유나의 기세가 표독스럽게 변한다.

조철훈은 쌍욕을 듣고도 감히 대꾸를 하지는 못한다.

황유나가 냉기가 풀풀 날리는 얼굴로 다시 몰아붙인다.

"일거에 몇백억이 손에 들어온다고 하니까, 온 세상이 다네 것 같지? 그런데 어쩌냐? 그 돈 제대로 써보지도 못하고, 오늘부로 네 인생 개박살 나게 됐으니? 그것도 기껏 연봉 5천밖에 안 되는, 별것도 아닌 애송이 여기자한테 말이다?"

이어 황유나가 두 손을 허리에 걸치며 짜랑하게 외친다.

"꿇어, 개새끼야!"

그 서슬에 조철훈의 몸이 흠칫 떨리는 듯하더니, 이윽고는 스르르 무릎이 무너진다.

"죄송합니다! 정말 죽을죄를 지었습니다. 제발 한 번만 용서해 주십시오!"

조철훈이 고개를 주억거리며 빈다.

잠시 지켜보고 있던 황유나가,

"휴~!"

하고 길게 한숨을 내쉰다. 그리고 그녀는 다시 쓴웃음을 지으며 말한다.

"아무리 실력이 우선인 스포츠계라지만, 너 같은 망종이 스타 대접을 받는다는 건 진짜로 개 같은 일이다! 그리고 명색이 기자라면서 너 따위 잡놈한테 무턱대고 인터뷰를 따려고 했던 내 잘못도 있는 것이니… 어쩌겠냐? 어이! 망종!"

조철훈이 꿇어앉은 채로 우러러보듯 올려다본다.

황유나가 차갑게 내려다보며 뱉는다.

"꺼져!"

"예?"

"꺼지라고!"

조철훈이 얼떨떨한 기색으로 엉거주춤 일어선다.

"고맙습니다! 기자님! 정말 고맙습니다!"

조철훈이 넙죽 허리를 숙인다.

"내 마음 변하기 전에 총알같이 꺼져!"

황유나가 차갑게 쏜다.

조철훈은 즉시 룸을 빠져나간다.

그 뒷머리에다 대고 황유나가 나직이 중얼거린다.

"더러운 새끼!"

전설의 용사는 좀 그렇고, 그냥 용사로 쳐줄게!

황유나는 갈증이라도 나는 것처럼 연거푸 몇 잔의 술을 들이켰다.

철민은 섣불리 말리지도 못하고 엉거주춤 보고만 있었다. 그런 와중에 가슴마저도 확확 달아오르는 것만 같다. 마치 그녀의 갈증에 전염이라도 된 것 같다.

"그만 마셔!"

한참을 지켜보고 나서야, 철민은 겨우 그 말을 뱉어낸다.

황유나는 그제야 그를 본다. 마치 그가 룸 안에 함께 있다는 걸 이제야 안 것처럼! 그리고 그녀는 눈을 한 번 깜빡이고 나서야 철민에게 묻는다.

"왜?"

"……"

"왜 그만 마시라고 하는 거냐고?"

"취했잖아!"

"내가 취했다고? 네가 그걸 어떻게 아니?"

"……"

"내가 취했다는 증거라도 있어? 무슨 객관적인 팩트가 있냐고?"

"아니, 난 그냥……! 네가 너무 급하게 마시는 것 같아서, 좀 천천히 마시라고……!"

두 사람의 건조한 대화는 거기에서 끝난다.

황유나는 자신의 앞쪽, 허공을 빤히 응시하고만 있었다.

단숨에 술잔을 비운 황유나가 다시 철민과 시선을 맞춘다.

그런 그녀의 눈빛이 흐릿해 보인다.

독한 술을 잇달아 들이붓다시피 해댔으니, 취하지 않는 게 더 이상할 것이다.

철민은 괜히 미안해진다.

그녀가 지금 저렇게 흐트러진 게, 자신이 뭔가를 잘못했기 때문인 것만 같다.

그래서였을 것이다. 그가 저도 모르게,

"미안하다!"

라고 내뱉고 만 것은!

순간 그녀의 동공이 뚜렷해지는 것 같다.

그리고 그녀는 마치 쏘아보는 것처럼 빤히 시선을 마주쳐 온다.

"야! 완빤치!"

불쑥 뱉는 그 말에 철민은 움찔 눈을 크게 뜬다. 놀란 건 아니다.

다만, 뭔가 묘한 느낌이다.

그녀에게 김철민이라는 이름으로 불리는 것보다 완빤치라는 이름으로 불리는 게.

"어……?"

철민의 대답은 사뭇 애매하여 입안에서만 웅얼거린 것 같다.

"너! 그때도 너였지? 맞지?"

"……?

"그날, 여기서 동창회 하던 날 말이야! 저쪽 사거리 횡단보도 부근에서 묻지 마 칼부림을 하던 남자로부터 날 구해

준 사람, 그 사람, 너 맞지?"

"어? 그게……?"

"너 맞잖아? 이래 봬도 나 기자야! 사건 현장의 스쳐 지나가는 사소한 광경이나 장면 하나도 쉽게 놓치지 않는다고! 그날 그 사람의 체형이 너하고 똑같아! 결정적으로 그 모자! 그날 그 사람이 쓴 모자하고 똑같아! 이래도 아니야? 너 맞지?"

철민은 강압에 눌리듯이 고개를 끄덕이고 만다.

순간 그를 응시하는 황유나의 눈빛이 더욱 또렷해지는 것만 같다.

그러나 그녀는 이내 취기 어린 눈빛으로 돌아가며, 다시 취조하듯이 물어대기 시작한다.

"근데 너! 그날 왜 날 모른 체했니?"

"어… 그게……!

"나중에도 그때 얘기는 한마디도 안 해주고?"

"그게… 어쩌다 보니 그렇게 됐어! 미안하다!"

철민은 결국 또 미안하다는 소리를 뱉고야 만다.

"좋아!"

그녀가 툭 던진다.

'제기랄! 도대체 뭐가 또 좋다는 거야?'

철민은 고작 속으로 투덜거렸을 뿐이다.

"그럼 벌써 세 번째네!"

"뭐가?"

철민이 이번에는 분명하게 소리를 내어 묻는다.

"네가 날 위해 '완빤치'를 날린 거 말이야! 옛날에 짱에게 한 방, 지난번 '묻지 마' 남자에게 한 방, 그리고 오늘 조철훈에게 한 방!"

"……"

철민은 영 쑥스럽기도 해서 뭐라고 대답할 말을 찾지 못한다.

잠시 그를 빤히 바라보고 있던 황유나가 불쑥 덧붙인다.

"세 번씩이나 날 구해줬다니… 좀 특별한 느낌이 드네! 훗! 내가 마치 공주가 된 느낌이야! 넌 왕자님이나, 무슨 전설의 용사쯤 되고 말이야!"

"……!"

순간 철민은 쑥스럽기보다, 차라리 묘한 흥분에 빠져든다.

'전설의 용사와 공주! 정말로 그녀와는 어떤 숙명적인 운명으로 얽힌 사이가 아닐까? 몇 번의 생을 윤회하면서도 결코 끊어질 수 없는! 그래서 그녀가 위기에 처할 때마다 시간을 초월하여 내 무의식 깊숙한 곳에 숨어 있는 어떤 잠재

력 같은 것이 발휘되는 건 아닐까?'

문득 그런 상상을 해본 철민은 그만 고개를 절레절레 젓고 만다.

'아아! 이런… 또 상상질인가? 또 착각질인가? 그 옛날 초딩도 아닌데……!'

지켜보고 있었는지 황유나가 배시시 웃더니, 장난기 섞인 투로 말한다.

"하긴… 솔직히 그건 좀 아닌 것 같다, 그치?"

"……?"

"내가 공주라는 건 그럴듯하지만, 솔직히 넌 좀… 호호호!"

황유나가 참지 못하고 터뜨리는 웃음소리에 철민도 이윽고는 피식 실소하고 만다.

"그래, 왕자님이나 전설의 용사가 못 되어서 미안하다. 대신… 널 실망시킨 죄로 다음에 내가 한턱 쏠게!"

철민도 가벼운 농담처럼 받는다.

"피~! 너, 백수라며?"

"그거야… 그렇지만……!"

"내가 딴 건 몰라도 입 하나는 꽤나 고급인 여자야! 일단 얻어먹기로 하면, 최고급으로 먹자고 할 수도 있어! 근데 백수가 무슨 돈이 있다고 나한테 한턱을 내냐?"

"그게……."

철민은 괜스레 변명, 혹은 해명을 해야만 할 것 같은 심정이 되고 말았지만, 막상 적당한 말이 당장 떠오르지 않았다.

"얘! 너 벌써 걱정되는 얼굴이다? 농담이야, 농담! 호호호!"

황유나가 까르르 웃는다.

그러더니 그녀는 이내 잔잔한 미소로써 표정을 바꾸며 고개를 끄덕인다.

"좋아! 다음에 한턱 내는 거 기대하고 있을게! 대신… 그 약속을 굳히는 의미에서 오늘은 내가 먼저 한잔 살게!"

그리고 그녀는 철민이 말릴 새도 없이 뒤편에 붙은 벨을 누른다.

마치 문밖에서 기다리고 있었다는 듯이 곧장 웨이터가 들어온다.

"사장한테 가서 물어보면 말이죠, 지난번에 내가 찜해 뒀던 술이 한 병 있어요! 그거하고 안주는… 적당한 걸로 좀 내오세요!"

황유나가 주문하는 걸 철민이 얼른 수정한다.

"아니, 술은… 바깥에, 아까 내가 앉았던 테이블에 마시던 술이 있으니까, 그거 좀 가져다주세요!"

그러자 황유나가 곧바로 정색을 하며 웨이터에게 말한다.

"오늘 계산은 내가 할 거니까, 내가 주문한 대로 얼른 가지고 오세요!"

"예! 알겠습니다!"

웨이터가 웃으며 대답하고는 재빨리 룸을 나간다.

그리고 두 사람은 말없이 침묵을 지킨다.

결국 견디지 못한 건 철민이었다.

"지난번에 찜해 뒀다는 술은 또 뭐야?"

굳이 궁금하지는 않았지만, 어색한 침묵을 깨려고 꺼낸 말이었다.

"아, 그거. 있어. 지난번에 윤수원이가 지네 가게에서 제일 비싼 술이라고 자랑 삼아 몇 병 보여줬는데, 그중 하나가 참 마음에 들더라고! 술맛은 모르겠고, 병 디자인이 참 예쁘더라. 그래서 농담 삼아 언젠가 좋은 자리 생기면 내가 와서 뚜껑 딸 테니까, 아무한테도 팔지 말고 잘 보관해 두라고 했지! 그런데 오늘 정말로 좋은 자리가 생겼네?"

말끝에 황유나가 가볍게 미소를 띠운다. 은은한 조명 아래, 화사하게 피어나는 미소다.

순간 철민은 느닷없이 심장이 쿵쾅거리기 시작한다. 얼굴마저도 화끈거리는 느낌이다. 이러다 정말 얼굴이 붉어지고 마는 건 아닐까?

"어머, 얘! 너 또 걱정하는 것처럼 보인다?"

황유나가 빤히 보며 놀리듯 말했고, 철민은 또 흠칫하고 말았다.

"오늘은 내가 산다니까? 그러니까 걱정하지 말고, 다음에 네가 살 때나 걱정해! 호호호!"

황유나가 까르르 웃음을 터뜨린다.

"아니… 그런 게 아니라……!"

철민은 허둥허둥 두 손까지 내젓는다.

"그런 게 아니면, 혹시 내 걱정을 해주는 거야?"

"……."

이내 철민은 유구무언이 되고 만다.

"어머! 정말 내 걱정을 하는 모양이네? 호호호!"

까르르 웃음을 터뜨리고 나서 황유나가 다시 잇는다.

"내가 여기자 생활 몇 년 하면서 제일 잘하게 된 게 뭔 줄 아니? 카드 긁는 거야! 일단 긁고 난 다음 무슨 요령이든 지 발휘해서 경비로 처리하는 거지! 요령을 발휘하지 못하면? 까짓거, 월급에서 까면 되지! 그러니까 내 걱정은 조금도 하실 필요가 없습니다! 아시겠습니까, 전설의 용사님?"

철민은 여전히 유구무언이다. 그런데 전설의 용사님! 그 소리 때문일까? 그는 갑자기 가슴속에 뭔가 뜨거운 것이 들어앉은 듯, 몸이 움찔움찔 뒤틀리는 것만 같았다.

문이 열리고 웨이터가 들어온다. 그리고 뒤따라 윤수원이 들어선다.

"김철민! 네가 왜 여기에……?"

윤수원이 대뜸 묻는 말에 추궁하는 의미가 담긴 것만 같아서 철민은 설핏 당황스러워지고 만다.

"그게… 어쩌다 보니까……!"

윤수원이 슬쩍 황유나의 기색을 살피고는 다시 철민에게 묻는다.

"조철훈 선수는?"

윤수원은 룸 안에서 벌어진 일에 대해 아직 모르고 있는 듯하다.

다만, 웨이터로부터 조철훈 대신 철민이 황유나와 함께 있다는 말을 듣고는 무슨 일인가 하여 룸으로 따라 들어온 모양새다. 그때,

"조철훈 그 개자식을 왜 여기 와서 찾아?"

거칠기까지 한 황유나의 말에, 윤수원은 순간 얼떨떨한 표정이 되고 만다.

이어 그의 시선은 곧장 철민에게로 향한다. 어떻게 된 일이냐고? 그러나 철민은 딱히 대답해 줄 말이 없었고, 나서서 대답해 줄 입장도 아니었다.

"미안하다! 내가 그 시답잖은 인간 때문에 열 받는 일이 좀 있어서 기분이 영 그렇다."

황유나가 사과부터 하고는 다시 요구한다.

"내가 철민이하고 해야 할 얘기가 좀 있는데… 사장님은 좀 빠져 주라!"

"그래? 오케이! 그러지, 뭐!"

서둘러 룸을 나가는 윤수원의 얼굴에, 미처 추스르지 못한 당황스러움이 그대로 남아 있다.

철민은 괜스레 시원해지는 느낌이다. 단 몇 마디로 간단히 상황을 정리해 버리는 황유나의 거침없음은 그를 통쾌하게까지 만드는 데가 있다.

역시 황유나다. 14년 전, 모두의 우상이었던 퀸 황유나는 변하지 않은 것 같다.

그때보다 조금(?) 거칠어졌다는 것만 제외하고는! 한 가지 더! 술을 꽤나 잘 마시게 되었다는 것도!

"자! 한 잔 받아!"

황유나가 시킨 술은 독했다. 몇 잔 마시다가는 정말로 취할 것 같다.

철민은 그녀가 권하는 술을 입에만 살짝 댔다 떼고는 한쪽으로 밀어 두었다.

다시 권하면 슬쩍 새 잔으로 받았다. 제법 비싼 술인 것 같은데, 몰래 바닥에 부어 버릴 수도 없는 노릇이다.

그런 줄 아는지 모르는지 그녀는 연신 권커니 잣거니 하면서 술잔을 비우고 있다.

이윽고 황유나는 거나하게 취했는지 말을 많이 했다.

그녀 자신에 대한 얘기였으니 철민으로서는 쉽게 공감하기 어려운 부분이 많았다.

아마 그녀는 말이 고팠던 모양이다. 철민이 대화 상대가 되어 주지 못하고 그저 고개만 끄덕여 주고 있는데도, 그녀는 계속 말을 이어갔다.

영 알아듣지 못하는 말은 뺐지만 그녀의 말은 전반적으로 우울하다. 박탈감을 토로하기도 한다.

그녀는 KBS니 MBC, SBS니 하는 메이저 지상파 방송이 아닌, 기껏 케이블 방송인 뉴스 전문 채널의 기자라는 데 대해, 그것도 명색만 사회부 기자이지, 사실은 스포츠 연예 부문의 가십거리 따위나 쫓아다니고 있는 신세라는 데 대해 자조적으로 박탈감을 토로한다.

"너 TV에 나오는 거 나도 몇 번 봤어! 멋지던데?"

철민 딴에는 위로한답시고 불쑥 꺼낸 말이다. 그러나 그는 곧바로 후회했다. 잠자코 들어주기만 할걸!

다행히도 그녀는 철민의 어쭙잖은 위로에 대해서는 크게

개의치 않는다는 듯 자신의 말을 계속한다.

그녀의 말은 이윽고 호소로 이어졌다. 벌써 입사 3년차인데도 아직 주목받지 못하고 있다는 조급함에 대해! 너무도 쟁쟁한 선배들의 벽에 대해! 그리고 매년 새로 들어오는, 대단한 스펙과 재능과 통통 튀는 끼를 가진 후배들로 인한 스트레스에 대해! 그야말로 위에서 누르고, 밑에서 치고 올라오는 치열한 압박감에 대해!

철민은 괜히 서글퍼진다. 마음 한구석이 묵직하게 저리는 것만 같다. 퀸인 그녀에게도 산다는 건 힘든 일이란 걸 엿보게 된 것만으로도.

황유나는 많이 취한 것 같았다. 비틀거리며 룸 내 화장실로 들어가더니 한참이나 나오지 않고 있다. 토하고 있는 건 아닌지 걱정되긴 했지만, 그렇다고 철민이 불쑥 들어가 볼 수는 없는 노릇이다.

마냥 기다리는 대신 철민은 잠깐 카운터로 가서 계산을 하고 돌아왔다. 콧대 높은 황유나가, 왜 시키지 않은 짓을 했느냐고 따지고 들 수도 있겠지만, 그냥 그러고 싶었다. 오늘은.

화장실에서 나온 황유나는 멀쩡해 보였다. 룸을 나서 카운터로 향하는 그녀의 걸음걸이는 별로 흐트러지지도 않고

씩씩해 보인다.

카드를 내밀었다가, 이미 계산이 끝났다는 소리를 들은 황유나의 두 눈이 샐쭉해진다.

싫은 소리를 들을 것에 대해서는 이미 각오가 서 있는 바였다. 그러나,

"오늘 잘 마셨어! 다음에는 내가 쏜다! 잊지 마?"

그녀는 쿨하다.

'과연 황유나다!'

엘리베이터 앞까지 배웅을 나온 윤수원과 인사를 할 때까지 멀쩡하더니, 엘리베이터 문이 닫히자마자 황유나는 다리에 힘이 풀린 듯이 크게 휘청거린다.

철민이 엉겁결에 그녀를 부축한다.

"오늘 고마웠어!"

그의 품에 의지한 채 그녀가 속삭이듯이 말한다.

철민은 감히 숨도 쉴 수 없었다.

그녀가 다시 속삭인다.

"감사의 표시로… 너, 그거 해줄게!"

철민은 온몸이 딱딱하게 굳고 만다. 그러나 묻지 않을 수 없었다. 떨리는 가슴으로!

"뭘……?"

그녀가 문득 화사하게 웃으며 말한다.

"왕자님은 도저히 안 되겠고⋯⋯!"

순간 철민은 온몸의 힘이 쭉 빠지고 만다.

"전설의 용사도 좀 그렇고⋯ 그냥 용사로 해줄게!"

그 말에 철민은 피식 웃음을 흘리고 만다.

"그래! 고맙다!"

"고맙지? 그럼, 너 정말 고마워해야 한다? 나한테 용사 소리 듣는 건, 이 세상 모든 수컷들 중에서 네가 처음이니까!"

"그래! 진심으로 고맙다! 베리 베리 땡큐다!"

"폰 줘 봐!"

"폰은 왜⋯⋯?"

"번호 찍어 줄게! 용사의 폰에 공주님 번호는 당연히 찍혀 있어야 하는 거 아니겠어?"

황유나의 희고 가느다란 손가락이 잠시간 그의 휴대폰 위에서 춤을 춘다.

건물 밖으로 나서자 마침 빈 택시 한 대가 그들을 기다리고 서 있었다.

철민은 택시의 뒷문을 열고 황유나를 태운다. 취한 모습이 걱정스러워 집까지 데려다줬으면 하는 마음이지만, 괜히 주제넘는다는 말이나 들을 것 같았다. 왕자님도, 전설의 용사도 못 되는 주제에 말이다.

택시가 시야에서 사라지고 난 다음, 철민은 휴대폰을 열어 본다. 새로 등록된 번호가 하나 있었다.

〈공주님〉

그에 철민은 피식 실소를 하고 만다.

『완빤치』 2권에 계속…

초대형 24시 만화방

신간 100%, 샤워실, 흡연실, 수면실(침대석), 커플석, 세탁기 완비

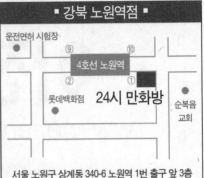

▪ 강북 노원역점 ▪

운전면허 시험장
4호선 노원역
롯데백화점 24시 만화방 순복음 교회

서울 노원구 상계동 340-6 노원역 1번 출구 앞 3층
02) 951-8324 (화용빌딩 3층)

▪ 일산 정발산역점 ▪

경찰서 정발산역
제2 공영주차장 롯데백화점
24시 만화방
E C A
라페스타
F D B

라페스타 E동 건너편 먹자골목 내 객잔건물 5층
031) 914-1957

▪ 일산 화정역점 ▪

덕양구청
화정역
세이브존
롯데마트 이마트
24시 만화방 화정중앙공원 화정동 성당

경기도 고양시 덕양구 화정동 984번지 서일빌딩 7층
031) 979-4874 (서일사우나 건물 7층)

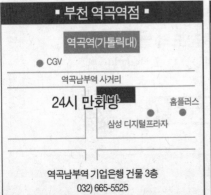

▪ 부천 역곡역점 ▪

역곡역(가톨릭대)
CGV
역곡남부역 사거리
24시 만화방 홈플러스
삼성 디지털프라자

역곡남부역 기업은행 건물 3층
032) 665-5525

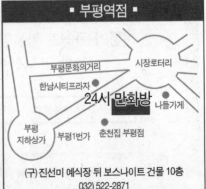

▪ 부평역점 ▪

시장로터리
부평문화의거리
한남시티프라자 24시 만화방 나들가게
부평 지하상가 부평1번가 춘천집 부평점

(구) 진선미 예식장 뒤 보스나이트 건물 10층
032) 522-2871

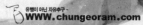

이계진입
리로디드
임경배 퓨전 판타지 소설
FUSION FANTASTIC STORY
『권왕전생』 임경배의 2015년 신작!
『이계진입 리로디드』
왕의 심장이 불타 사라질 때,
현세의 운명을 초월한 존재가 이 땅에 강림하리라!
폭군으로부터 이세계를 구원한 지구인 소년 성시한.
부와 명예, 아름다운 연인…
해피엔딩으로 이야기는 끝인 줄 알았건만
그 대가는 지구로의 무참한 추방이었다.
그리고 10년 후…….
"내가 돌아왔다! 이 개자식들아!"
한 번 세상을 구한 영웅의 이계 '재' 진입 이야기!
Book Publishing CHUNGEORAM
유행이 아닌 자유추구 -
WWW.chungeoram.com

검자 新무협 판타지 소설
FANTASTIC ORIENTAL HEROES

목탁

해적으로 바다를 누비던 청년,
절해고도에 표류해… 절대고수를 만나다!

"목탁은 중생을 구제하는
좋은 이름일세."

더 이상 조무래기 해적은 없다!
거칠지만 다정하고, 가슴속 뜨거운 것을 품은

목탁의 호호탕탕 강호행에
무림이 요동친다!

사략함대 장편소설

FUSION FANTASTIC STORY

법보다 주먹!

2016년 대한민국을 뒤흔들 거대한 폭풍이 온다!

『법보다 주먹!』

깡으로, 악으로 밤의 세계를 살아가던 박동철.
그는 어느 날 싱크홀에 빠진다.

정신을 차린 박동철의 시야에 들어온 건 고등학교 교실.
그리고 그에게 걸려온 의문의 ARS는 그를 새로운 인생으로 이끄는데……

빈익빈 부익부가 팽배한 세상, 썩어버린 세상을 타파하라!

법이 안 된다면 주먹으로!
대한민국을 뒤바꿀 검사 박동철의 전설이 시작된다!

Book Publishing CHUNGEORAM

유행이 아닌 자유추구 -
WWW.chungeoram.com